À L'ENCRE DE TON CORPS

MONTGOMERY INK

CARRIE ANN RYAN

À L'ENCRE DE TON CORPS

Une romance Montgomery Ink
Tome 8.5
Carrie Ann Ryan

À l'encre de ton corps
Une novella Montgomery Ink
par Carrie Ann Ryan
© 2017 Carrie Ann Ryan
eBook ISBN : 978-1-63695-089-1
Paperback ISBN: 978-1-63695-090-7

Traduit de l'anglais par Alexia Vaz pour Valentin Translation

Ceci est une œuvre de fiction. Les noms, les lieux, les personnages et les incidents sont le produit de l'imagination de l'auteur et sont fictifs. Toute ressemblance avec des personnes réelles, existantes ou ayant existé, des événements ou des organismes serait une pure coïncidence.

Pour plus d'informations, abonnez-vous à la LISTE DE DIFFUSION de Carrie Ann Ryan.
Pour communiquer avec Carrie Ann Ryan, vous pouvez vous inscrire à son FAN CLUB.

À L'ENCRE DE TON CORPS

Artiste tatoueur, Derek Hawkins connaît les règles :

Une nuit par mois.

Pas de noms de famille.

Aucune promesse.

Olivia Madison a ses propres règles :

Ne pas tomber amoureuse.

Ne pas s'engager.

Ne jamais dire la vérité à Derek.

Quand leurs mondes entrent en collision, Derek et Olivia vont devoir affronter ce qu'ils se sont efforcés d'ignorer et ce lien si fort qu'ils ont essayé d'oublier.

CHAPITRE UN

UNE POITRINE DURCIE.

Des inspirations rapides.

De longs soupirs se muant en gémissements.

C'était ce qui attendait Olivia Madison, et elle le savait. Elle l'avait toujours su. Elle grifferait son dos, se cambrerait contre lui, et se laisserait prendre de la façon la plus primaire. Puis elle s'en irait sans regarder derrière elle. Ils boiraient un verre. Ils s'enverraient en l'air. Ils allaient se contenter de ça. Il n'y aurait pas de nom de famille, pas de promesses. Exactement comme ils le voulaient. Et dans un mois, ils recommenceraient.

C'était son frisson, son secret le plus profond.

Enfin, pas le plus *profond*, mais le seul qu'elle pouvait affronter.

Juste encore une fois. C'était ce qu'Olivia s'était dit le mois dernier et pourtant, elle savait qu'elle reviendrait pour en avoir plus. Elle reviendrait toujours pour en avoir plus quand il s'agissait de lui.

Parce que c'était ainsi et elle était sûre que cela ne changerait jamais. Elle n'était pas certaine que cela devait changer. Elle ignorait si elle *voulait* que ça évolue.

Mais elle allait repousser ces idées de son esprit, car ce soir, elle ne se concentrerait que sur une chose. Des ébats torrides, à l'état pur. Du moins, c'était ce qu'elle continuait de se dire. Parce qu'il était impossible qu'Olivia tombe amoureuse de l'homme qu'elle ne connaissait pas. Elle était tout aussi familière avec son corps qu'il l'était avec le sien, mais voilà tout.

Elle ne savait même pas quelle était sa boisson préférée. Elle jurerait qu'il en commandait une différente chaque fois qu'ils sortaient ensemble uniquement pour l'induire en erreur. Elle s'était surprise à faire la même chose, mais peut-être pas pour les mêmes raisons. Elle aimait simplement la variété, tout comme le fait qu'elle n'avait pas besoin de s'impliquer sur quelque chose d'aussi élémentaire qu'une boisson.

Le seul engagement qu'elle s'autorisait était une

nuit par mois avec un homme du nom de *D.* Il la connaissait en tant qu'*O.*

Et chaque fois qu'il l'appelait ainsi, il y avait un petit rire dans ses yeux parce qu'il lui avait effectivement provoqué quelques « *oh* » au fil du temps.

Elle leva les yeux au ciel à cause de cette blague horrible et but une gorgée de son martini au citron. Ce soir, elle voulait quelque chose de particulièrement sucré pour chasser de sa bouche le goût amer du regret. Pour une raison quelconque, cette nuit semblait différente des mois précédents. Peut-être qu'elle vieillissait simplement, ou que la fragile relation qu'elle avait avec cet anonyme devenait lassante, mais dans les deux cas, elle avait le sentiment que ce serait la dernière fois. Et peut-être qu'il fallait que ce soit l'ultime rendez-vous.

Coucher avec un inconnu sans aucune promesse ni attache une fois par mois pendant aussi longtemps paraissait fou, comme si elle jouait avec le feu. Elle se demandait souvent ce que le manager ou le barman de cet hôtel pensait d'eux. Parce que ce n'était pas la première fois qu'elle voyait cet homme derrière le bar, et c'était toujours le même concierge.

Olivia n'était pas celle qui réservait la chambre. Cela était la mission de son partenaire dans cette relation étrange.

Elle venait juste d'arriver, à la même heure que d'habitude, sirotant sa boisson et attendant. Avec ce frisson d'anticipation. Elle savait que ce n'était pas bien, qu'elle commettait constamment les mêmes erreurs, mais elle s'en moquait quand il s'agissait de lui. Et c'était peut-être la plus grande faute de toutes.

— Je vois qu'on se retrouve.

La voix profonde partit directement vers ses organes féminins, envoyant des frissons dans sa colonne vertébrale et lui donnant envie de se cambrer comme un chat. Elle aimait cette voix, ce grondement. Elle aimait surtout particulièrement quand il grognait au-dessus d'elle en les faisant tous les deux glisser vers une douce extase.

Elle jeta un coup d'œil par-dessus son épaule et haussa un sourcil, faisant de son mieux pour avoir l'air aussi sensuelle que possible. Elle savait qu'elle était sexy, qu'elle avait les bonnes courbes. Elle avait même appris comment habiller ces rondeurs et appliquer suffisamment de maquillage pour faire ressortir le côté fumé de son regard, ses lèvres pulpeuses et les angles de ses pommettes. Elle savait tout ça, elle avait consulté des tutoriels et elle était allée faire du shopping avec ses amies pour s'assurer qu'elle connaissait les règles de ce jeu particulier auquel elle jouait.

Dès qu'elle aperçut l'expression de D, elle sut

qu'elle avait fait exactement ce qu'il fallait, du moins pour ce soir.

Elle avait choisi une robe couleur champagne qui dégageait ses épaules. Une fente dans le bas montrait légèrement sa cuisse et elle était persuadée qu'il l'avait déjà remarquée. Elle avait enroulé ses cheveux bouclés dans une sorte de tourbillon derrière son crâne, seulement parce qu'elle aimait la façon dont il enlevait les épingles et laissait ses cheveux retomber dans son dos.

Oui, elle s'était habillée pour lui et elle n'aurait probablement pas dû. Mais elle l'avait fait.

— Tu dis ça comme si tu étais surpris.

Elle sourit, incapable de s'en empêcher. Elle n'était pas une femme fatale qui pouvait agir comme si rien ne l'affectait, même si elle essayait. Mais elle appréciait cet homme, bien qu'elle ne sache pas précisément qui il était. Elle aimait leur jeu, ce qu'ils avaient, même si ce n'était qu'une illusion. Elle l'aurait pour ce soir et se demanderait demain matin pourquoi elle s'autorisait à rester dans cette situation, mais elle oublierait ensuite sa réflexion et ne se souviendrait que de lui.

D lui lança un long regard avant de s'asseoir à côté d'elle au bar.

— Je le suis toujours. Tout comme tu sembles

surprise de me voir avancer vers toi. Même si ça ne dure qu'un moment.

— J'aime ta façon d'agir comme si tu me connaissais.

Il se pencha plus près de son visage, son souffle chaud sur son cou.

— Mon sucre d'orge, je te connais.

Cette déclaration la fit ricaner. Elle ne pouvait s'en empêcher. D'où la raison pour laquelle elle tentait de s'habiller en femme fatale.

— Tu te moques de moi ? s'enquit-il avec un air faussement vexé. Tu dis que je ne te connais pas ?

Elle secoua la tête quand le barman arriva avec la commande de D. Un verre de whisky Johnny Walker Back, cette fois-ci. Intéressant. C'était un liquide doux et fumé.

— Non, je ne riais pas à cause de ça, mais le but de... tout ça, ce n'est pas justement de ne pas se connaître ?

Elle leva la main quand il aurait dû répondre. Elle n'avait pas besoin de savoir ce qu'il avait à dire sur leur arrangement. C'était déjà assez étrange, même si c'était torride.

— Je riais parce que tu m'as appelé « mon sucre d'orge ». Je ne t'ai jamais entendu me donner ce surnom et nous vivons à Denver, pas dans le sud. Je ne sais pas où tu as été cherché ça.

D haussa les épaules, buvant une gorgée de sa boisson.

— Un client l'a dit. Peut-être que mon subconscient l'a absorbé.

Elle avait la question « quel genre de client » sur le bout de la langue, mais D et elle n'avaient pas ce genre de relation. Elle ferait aussi bien de s'en souvenir. D semblait également agacé d'avoir laissé échapper une petite partie de sa vie. Toutefois, au lieu d'en dire plus, il but une autre gorgée de son scotch, avant de se tourner à nouveau sur son tabouret pour que ses jambes emprisonnent celles de la jeune femme. Ça ne le dérangeait pas. Au point où elle en était, elle utiliserait n'importe quelle excuse pour se rapprocher de lui, pour le toucher, même si cela finissait par la briser.

Oui, elle était idiote, néanmoins elle ne pouvait s'en empêcher.

Pas avec D.

Parce qu'elle connaissait ses règles, également.

Une nuit par mois.

Pas de nom de famille... ni même de prénom, d'ailleurs.

Pas de promesses.

Elle laissa échapper un soupir, conscient qu'il la regardait. Il fallait qu'elle arrête de réfléchir à ce qu'elle ne devrait pas vouloir, simplement pour profiter du moment. C'était ainsi qu'elle avait vécu les mois précédents avec D et ce serait ainsi qu'elle survivrait ce soir, aussi.

— Je suis ravie que tu sois venu, dit-elle honnêtement.

Probablement trop honnêtement, pourtant elle faisait de son mieux pour ne pas remettre en question toute cette nuit, comme elle avait tendance à le faire. L'unique moment où elle était capable de tout oublier, c'était quand D l'aidait et elle savait qu'elle ne pouvait pas toujours se reposer là-dessus.

Il étudia son visage et elle se demanda ce qu'il voyait. Elle réfléchit également à la raison pour laquelle cela était important pour elle.

— Moi aussi, je suis content.

Il leva son verre et elle en fit de même, consciente que c'était leur routine.

— Aux soirées des tatoués.

Elle sourit.

— Toujours.

Elle savait qu'il avait des tatouages sous ses vêtements, tout comme il était au courant pour les siens. La soirée des tatoués était une expression qu'ils s'étaient faite le premier soir et depuis, ils y portaient un toast.

Olivia but une gorgée de sa boisson, la douceur recouvrant sa langue. Lorsqu'il tendit la main et essuya le sucre sur l'une de ses lèvres, elle donna un coup de langue, ayant également besoin de le sentir.

— Sucre d'orge, dit-il en faisant un clin d'œil.

Elle ne put s'empêcher de sourire.

— Effectivement.

Ils terminèrent leur verre et se regardèrent droit dans les yeux. Pour ce qu'elle en savait, il pouvait y avoir des centaines de personnes autour d'eux, il était le seul qu'elle voyait. Et peut-être, juste peut-être qu'elle était tout ce qu'il voyait également. Elle avait déjà réglé son martini, puisqu'elle ne pouvait pas le mettre sur le compte de la chambre. D posa des billets à côté de son verre, ne prenant pas la peine d'attendre l'addition. Ils ne payaient jamais l'un pour l'autre et n'acceptaient jamais un reçu avec un nom. Bien qu'il s'acquitte du prix de la chambre d'hôtel, ils ne prenaient pas la peine de s'offrir des cadeaux ou de se lancer des mots doux.

Ces nuits-là ne concernaient qu'eux deux.

Quand il glissa de son tabouret et saisit sa main, elle sut qu'elle allait le suivre. Bientôt, elle serait dans un lit qu'ils partageaient, mais qui n'était pas à eux. Les autres les regardaient peut-être, s'interrogeaient ou *savaient*, mais D était le seul qui comptait, dans son esprit. Du moins, pour le moment. Ils allèrent ensemble jusqu'à l'ascenseur, mais ils n'étaient pas seuls. Il n'y aurait pas de taquinerie, pas de contact, alors qu'ils attendaient d'arriver à leur étage. Bien sûr, il n'y en avait jamais, puisqu'ils ne pouvaient être eux-mêmes qu'entre les quatre murs d'une chambre d'hôtel. Il ne la touchait jamais, se contentant de prendre sa main, ou la guidant en posant ses doigts dans le creux de ses reins.

Sa présence était suffisante, comme préliminaires. Elle n'avait pas besoin de contacts et de caresses supplémentaires. En revanche, dès que la porte de l'hôtel se refermerait derrière eux, tout changerait.

Tout comme elle l'aimait, tout comme elle en avait *besoin*.

D appuya la clé sur le détecteur et dès que la lumière verte apparut, elle sut que c'était le moment. Ils étaient tous les deux, il n'y avait personne d'autre. Lorsque la porte se referma derrière eux, son pouls accéléra et elle déglutit difficilement, consciente qu'il était *temps*.

Enfin.

— Je vais détacher cette robe, mais pas avant d'avoir ta culotte. Enlève-la.

Elle aimait la façon dont sa voix lui provoquait des frissons dans tout le corps.

— Je n'en porte pas.

Il laissa échapper un brusque juron, puis il se retrouva sur elle, écrasant sa bouche contre la sienne, ses mains glissant sur ses flancs. Lorsqu'elle se cambra contre lui, dos à la porte, et son souffle haletant, il s'éloigna et observa son corps de haut en bas.

— Pas de culotte ? Tu étais dans ce hall d'hôtel, avec tous ces hommes autour de toi, et tu ne portais pas de culotte ?

Elle se lécha les lèvres, ayant besoin de plus. Ayant besoin de lui.

— Je me suis dit que ça nous ferait gagner du temps.

En guise de réponse, ses yeux devinrent incroyablement plus sombres, et il glissa une main entre ses jambes. Quand il trouva sa peau chaude, ses doigts s'enfoncèrent dans ces plis et les yeux de la jeune femme roulèrent dans leurs orbites alors qu'elle balançait les hanches.

— Regarde-moi, O. Laisse-moi voir tes yeux quand tu jouis sur ma main. Je veux que tu sois trempée. Que tu sois si mouillée que je vais prendre mon temps pour lécher chaque goutte. Maintenant, regarde-moi, O. Sens mes doigts en toi. Sens-moi te taquiner et te pénétrer. Ensuite, tu jouis, juste là. Tout de suite. Tu peux faire ça, O ? Tu peux jouir pour moi ?

Elle aurait pu dire « oui » sur le champ. Elle aurait pu avoir un orgasme sur sa main et ils auraient terminé leur premier round. Mais elle souhaitait que cela dure.

Elle voulait que cela continue.

— Fais en sorte que ça vaille la peine.

Il lui sourit alors, ses iris dansant. Il *bougea* ensuite. Ses doigts se courbèrent, la touchant juste au bon endroit. Elle jouit sans même se rendre compte qu'elle avait été sur le point de le faire. Elle avait cru qu'elle pourrait faire durer.

Mais elle en était incapable quand il s'agissait de D et de ses doigts talentueux.

Et de sa langue talentueuse.

Ou de sa queue talentueuse.

— C'est ça. Je savais que tu serais carrément canon. Tu l'es toujours.

Il lui détacha ensuite sa robe et elle en sortit, enlevant en même temps ses chaussures. Il retira les épingles de ses cheveux, laissant la masse retomber dans son dos. C'était aussi sensuel qu'elle le pensait, cela lui donnait autant envie qu'elle l'avait pressenti.

Elle pouvait tomber amoureuse de cet homme. Cet inconnu qui n'en était pas un.

Elle repoussa rapidement ces idées loin de son esprit et revint au présent, au moment où ils n'étaient qu'O et D.

— Je n'arrive pas à croire que tu ne portais pas de culotte, chuchota-t-il contre ses lèvres en détachant son soutien-gorge.

Il tomba par terre, et bientôt elle se retrouva complètement nue alors qu'il était habillé. Elle ne pouvait s'empêcher de se demander pourquoi cela l'excitait autant.

— Tu portes toujours tes vêtements.

Un baiser. Un contact. Un coup de langue. Un effleurement de son téton. Il savait ce qu'il faisait. Il connaissait son corps mieux que quiconque, à part elle-même. Cela aurait dû l'inquiéter et ce serait probablement le cas plus tard. Mais pour l'instant, elle ne se focalisait que sur lui.

Et sur elle.

— Je peux arranger ça.

Il se déshabilla et la mena vers le lit, leurs corps glissant l'un contre l'autre. Puis il fut nu et déroula un préservatif. Il fut si rapide qu'elle faillit ne pas jeter un coup d'œil à sa verge, puisqu'elle aimait regarder cette longueur, cette épaisseur, chaque millimètre de lui. Mais elle le scruterait plus tard, elle se le promit.

— Sur le dos, O. Laisse-moi prendre soin de toi.

— Tant que je peux prendre soin de toi aussi.

- — Je ne rêverai même pas du contraire, répondit-il avec un clin d'œil.

Elle souffla, essayant d'agir plus calmement qu'elle ne l'était réellement. Lorsqu'il se glissa en elle, centimètre par centimètre, elle s'exclama, ayant besoin d'en avoir plus de sa part. Elle enroula les jambes autour de sa taille et enfonça les doigts dans son dos. Il l'étirait, bougeait avec elle et faisait une fois de plus rouler ses yeux dans leurs orbites.

Il décrivit des va-et-vient, le visage plongé contre son cou alors qu'ils faisaient lentement l'amour. Elle n'imaginait aucune autre façon de le qualifier, pas quand ils étaient autant en phase l'un avec l'autre. Elle parlerait de coups rapides, de baises ou d'autres choses, plus tard, mais pas à ce moment-là.

— D, chuchota-t-elle.

Il alla plus vite. Plus fort. Elle se cambra contre

lui pour aller à la rencontre de chaque coup de reins, mouvement contre mouvement.

— Appelle-moi Derek quand tu cries mon nom, appelle-moi Derek.

Puis il plongea en elle et elle jouit, hurlant son nom. Un nom qu'elle ne devrait pas connaître.

Et alors même qu'elle le faisait, son esprit tourbillonna. Elle leva les yeux, la lumière de la lune glissant au travers des stores pour arriver directement sur son visage, d'une façon qui la fit presque crier à nouveau, mais cette fois pour des raisons différentes.

Elle le connaissait.

Elle ne pouvait pas le connaître.

Mais c'était le cas.

Son corps trembla, mais pas à cause de la façon qu'il la prenait, mais parce qu'elle prenait conscience que tout avait changé et ce n'était pas pour le meilleur. Il jouit ensuite, hurlant la lettre par laquelle il la connaissait, comme elle ne lui avait pas donné son nom complet.

Et elle ne le ferait pas.

Jamais.

Il n'y aurait pas dû avoir de nom, ce soir. Il n'y en avait jamais eu. C'étaient les règles. Les limites qui avaient été établies s'assuraient que personne n'était blessé.

Et pourtant, tout était un mensonge.

Parce qu'elle connaissait son nom.

Elle connaissait son visage.

Et lors de ce bref moment quand la lumière s'était reflétée dans les iris de l'homme pile comme il fallait, elle avait vu le garçon qu'il avait été au lieu de celui qu'il était. Elle savait donc que la paix fragile qu'elle pensait avoir accumulée n'était qu'un simulacre.

Il était la personne qu'elle n'était pas censée avoir. Celle qui pouvait la briser, la détruire entièrement.

Elle savait donc que lorsque le jour arriverait où ils devraient se retrouver, elle s'éloignerait. Elle devait mettre fin à ce qu'ils avaient même si elle était certaine que cela briserait une partie d'elle.

Elle ne pouvait défaire la confiance fragile qu'ils avaient bâtie avec leurs promesses et leurs caresses. Si elle restait, si elle revenait, elle serait la menteuse qu'elle s'était toujours assuré de ne pas devenir.

C'était le garçon dont elle était tombée amoureuse avant même de savoir ce qu'était l'amour, au-delà des cupcakes et des papillons. C'était celui avec qui elle avait testé les limites. Et maintenant, il semblait qu'il était celui avec qui elle testerait le destin.

Parce qu'il était un inconnu avec un visage familier. Une personne de son passé qu'elle avait juré d'oublier.

Quelqu'un qui pouvait la briser.

L'homme qu'elle devait oublier.

Et le seul qu'elle ne pouvait oublier.

CHAPITRE DEUX

DEREK HAWKINS ÉTAIT au-dessus de la femme qu'il ne connaissait que sous le nom d'O. Il retint un froncement de sourcils lorsqu'il vit son expression. Ce n'était pas la tête d'une personne qui était satisfaite et épuisée après une longue nuit d'ébats. Non, elle donnait l'impression d'avoir vu un fantôme et d'avoir envie d'être n'importe où ailleurs qu'ici.

Étant donné qu'il était toujours enfoncé en elle jusqu'à la garde, le préservatif encore chaud à cause de sa semence, il n'en était pas vraiment ravi. Le sexe serré de la jeune femme entourait actuellement sa verge, ses muscles internes le pinçant par vague quand elle traversait son orgasme. Tout cela arrivait alors qu'elle le scrutait, mais jamais dans les yeux.

Pourquoi ne le regardait-elle pas dans les yeux ?

Il gigota légèrement, toujours en elle, et traça sa pommette du doigt. Lorsqu'elle ne s'appuya pas contre sa main et ne le toisa pas, il sut que quelque chose clochait.

Lui avait-il fait mal ? Étaient-ils allés trop vite, avait-il été trop brusque ? Ils y avaient été plus fort, auparavant, à un rythme plus soutenu, même, mais peut-être qu'il avait loupé quelque chose ? Il se retira rapidement, se débarrassa du préservatif sur la table de nuit, grâce à un mouchoir, et observa O.

— Qu'est-ce qui ne va pas ? Je t'ai fait mal ?

Il détesta que son envie d'elle s'entende dans sa voix. Ils n'étaient pas en couple, ils n'étaient que deux personnes qui se respectaient et s'amusaient, même s'ils gardaient leurs distances. Il aimait ce qu'ils avaient, même si une part de lui en voulait plus, et qu'une autre savait qu'il devait s'en aller avant de lui faire du mal. Mais ça ne signifiait pas qu'il s'autoriserait à la blesser maintenant.

Elle tourna la tête sur le côté et le regarda, l'air confus. Pour une raison quelconque, cela l'apaisa plus que tout ce qu'elle aurait pu dire.

— Non, bien sûr, tu ne m'as pas fait mal. Tu ne me fais jamais mal. J'aime ce qu'on fait.

Elle s'éclaircit la gorge et se rassit, attirant les draps au-dessus d'elle. D'une manière ou d'une autre, pendant le premier round, ils avaient poussé la couverture par terre et s'étaient glissés sous les draps. Ça n'arrivait pas toujours puisqu'ils allaient souvent directement contre un mur ou un meuble quelconque, mais cette fois-ci, ils avaient choisi le lit.

Cependant, il n'aimait pas qu'elle se cache avec ce foutu drap. Il adorait voir ses tétons sombres et sa peau légèrement foncée complètement nue. Oui, le contraste des draps couleur crème sur sa peau sombre était sacrément torride, mais il n'aimait toujours pas qu'elle ait le sentiment d'avoir besoin de se couvrir.

— Alors pourquoi ne me regardes-tu pas dans les yeux ? Je sais que tu as joui, mais tu n'as pas apprécié ce qu'on a fait ? Il détestait avoir l'air aussi incertain, mais il descendait tout juste de son propre orgasme et n'avait pas les idées claires. Il ne les avait jamais quand il s'agissait d'O.

Toutefois, il avait l'impression d'avoir changé les règles du jeu, et ce n'était pas pour le mieux. Désormais, il allait probablement être baisé (et pas dans le bon sens du terme), parce qu'il avait fait ce pas en avant.

Elle se retourna et croisa directement son regard

pour la première fois depuis qu'ils étaient allés au lit.

— Je crois qu'il faut que j'y aille.

Il cligna des yeux.

— C'est parce que je t'ai demandé de m'appeler Derek ? Je me suis dit qu'après tout ce temps, un prénom ne serait pas grave. Même si tu ne m'as jamais donné le tien.

Il marqua une pause.

— Tu vas me le dire ?

— On s'est bien amusé... Derek. Mais je pense qu'il faut que ce soit la dernière fois. Le dernier mois.

Elle se glissa lentement hors du lit et commença à enfiler ses vêtements. Derek ne pouvait que rester planté là, nu, son sexe encore mouillé et les poings serrés sur ses flancs.

Elle lui cachait quelque chose. Pas seulement son nom, mais quelque chose... d'autre. Il voulait savoir ce que c'était. Il souhaitait apprendre à *la* connaître. Et maintenant, elle fuyait ? C'était bien sa chance, ça. Dès qu'il décidait qu'il en avait envie de plus, elle choisissait de fuir.

Évidemment.

— Tu plaisantes, n'est-ce pas ? On fait ça depuis... combien de temps ? Combien d'années ? Qu'est-ce qui t'a fait changer d'avis ?

Une fois encore, elle ne croisa pas son regard,

mais elle se retourna, son dos exposé, et il laissa échapper un juron. Sans un mot, il alla remonter la fermeture Éclair, agacé d'avoir cédé. Il n'était pas un salaud, loin de là, d'après ses amis, mais il avait le sentiment d'en être un, là. Il voulait grogner, hurler et l'obliger à dire ce qui n'allait pas. Néanmoins, il savait que ça n'aiderait en rien et s'il ne faisait pas attention, elle allait sortir de cette chambre et de sa vie pour l'éternité.

Le truc, c'était qu'il avait l'impression que quoi qu'il arrive, c'était ce qu'elle ferait.

Et il ne pouvait rien faire contre ça.

Lorsqu'elle se tourna dans ses bras, il dut se retenir de prendre une inspiration. Il le faisait toujours, avec elle. Elle était si belle, avec ses cheveux sombres tombant dans son dos, ses yeux écarquillés et sa peau légèrement noire qui était si douce qu'il pouvait la caresser pendant des heures. *Qu'il l'avait touché* pendant des heures.

— Merci, chuchota-t-elle. J'oublie toujours de porter une robe portefeuille ou un vêtement sans fermeture, pour toi.

— J'aime te déshabiller, répondit-il honnêtement. Je pensais que tu aimais ça, quand je le faisais.

Elle soupira.

— J'aime ça. J'ai aimé. Mais ce doit être la

dernière fois. Je suis désolée, Derek. C'est juste que... je dois y aller.

Elle s'apprêtait à le contourner et parce qu'il savait qu'il était grand et qu'il était du genre à intimider les autres même quand il ne le voulait pas, il se dégagea de son chemin pour qu'elle puisse attraper son sac.

— Alors c'est tout ? Je te dis mon nom et tu en as assez. Parce que je croyais que ce que nous avions, c'était bon.

— C'était bon. Mais maintenant, notre temps est écoulé. Tu ne penses pas que tu devrais aller de l'avant ? Trouver quelque chose qui n'est pas... ça ? Ce que nous sommes. On ne rajeunit pas.

S'il n'entendait pas l'émotion dans sa voix ni le fait qu'elle donnait l'impression d'être sur le point de pleurer, il aurait dit qu'elle était froide. Mais elle partait pour une raison et apparemment, elle ne comptait pas lui dire ce que c'était.

Il ignorait totalement ce qu'il devait faire pour le découvrir.

Merde.

— Au moins, dis-moi ton nom. C'est tout ce que je demande.

C'était tout ce qu'il pouvait demander, même s'il voulait en savoir davantage.

Elle croisa à nouveau son regard et cette fois-ci, il jura qu'il n'aurait pas dû en comprendre autant avec un seul coup d'œil, mais il voyait qu'il passait à côté de quelque chose.

— Olivia.

Il souffla. Il aurait dû deviner qu'elle serait une Olivia. Ce nom lui convenait parfaitement, mais il ne savait toujours pas pourquoi elle partait.

— Je reviens le mois prochain, déclara-t-il rapidement. Même si ce n'est pas ton cas. Je reviens. Parce que j'aime ce qu'on a et je ne veux pas que ça s'arrête.

— Mais nous devons arrêter, chuchota-t-elle.

Nous « devons ». Pas nous « voulons ». Mais elle n'allait pas lui dire pourquoi. Peu importait s'il méritait une réponse, il n'en obtiendrait pas.

Elle se mit ensuite sur la pointe des pieds, embrassa sa mâchoire et sortit de la chambre d'hôtel, le laissant nu, frigorifié, et choqué au plus profond de lui-même.

Il connaissait enfin son nom et maintenant, elle était partie. Peut-être pour toujours.

Et il ignorait ce qu'il allait faire à ce propos.

· · ·

Derek frappa le sac devant lui, agacé et marmonnant tout seul, d'une voix assez basse pour que le reste de la salle ne puisse l'entendre.

— C'était notre marché, grogna-t-il à chaque coup de poing.

La rage traversa ses veines et il s'obligea à garder sa concentration pour ne pas se blesser. Ses mains étaient ses outils de travail, et les défoncer parce qu'il était en colère et vexé ne ferait que l'énerver davantage.

Il avait quitté l'hôtel peu après Olivia, vérifiant qu'ils avaient bien récupéré toutes leurs affaires. Elle n'avait même pas laissé une seule boucle d'oreille derrière elle, pour laquelle il aurait dû lui courir après comme si les chiens de l'enfer étaient à ses trousses. Il avait rendu les clés de la chambre, ignorant les regards entendus du gardien qu'il n'avait pas rencontré avant. Puis il était rentré chez lui et s'était retourné dans son lit toute la nuit, pensant à ce qu'il aurait pu faire différemment.

Il aimait O, Olivia. Il voulait en découvrir plus sur elle. Il appréciait leur liaison ou ce qu'ils avaient. Il aimait savoir qu'une fois par mois, il irait à l'hôtel où il l'avait rencontrée pour la première fois et qu'ils se posséderaient pendant quelques heures. Elle était non seulement la meilleure partenaire sexuelle qu'il avait jamais eue, mais il appréciait aussi son sourire, son rire et la façon dont ses yeux dansaient quand ils flirtaient.

Et bien qu'une part de lui ait toujours voulu en apprendre plus sur elle, il aimait également la distance qu'ils gardaient entre eux deux. Leur marché avait été la plus longue relation qu'il avait jamais eue. Le fait qu'il n'ait pas eu d'autres personnes dans sa vie ces quatre dernières années aurait pu être de son fait, ou peut-être parce qu'il avait ses problèmes. Il avait assez de pain sur la planche pour ajouter quelqu'un dans l'équation, avec des attaches et des engagements, qui aurait eu besoin de se fier à lui pour des choses qu'il ne pouvait offrir.

Et pourtant, il avait été capable de s'impliquer à sa propre façon étrange quand il s'agissait d'Olivia.

Il était venu tous les mois pendant quatre ans, et elle avait toujours répondu présente. Cela avait été l'engagement le plus sain et le plus long qu'il avait jamais pris et pourtant, cela n'aurait pas pu être qualifié de relation.

Elle était simplement partie parce qu'elle en avait assez.

Il ne pouvait s'empêcher de s'en vouloir. Il avait dû faire quelque chose, dit quelque chose. Peut-être que lui dévoiler son nom avait rendu la situation trop réelle. Peut-être qu'elle avait plus besoin du fantasme que lui. Il n'en savait rien, mais maintenant, tout ce qu'il pouvait faire, c'était espérer comme un fou qu'elle viendrait le mois prochain.

Il avait le sentiment que ces quatre prochaines semaines seraient un enfer pour ses nerfs.

— Bon sang.

Il laissa son poing voler une dernière fois avant de se rendre dans les douches. Généralement, il faisait son sport après le travail pour que ses mains ne soient pas douloureuses, mais il était stressé et avait eu besoin de se relâcher autrement qu'en enroulant ses doigts autour de sa verge.

Lorsqu'il repartit au boulot et se gara derrière la boutique dans leur petit parking privé, il était toujours à cran et savait que ses amis et collègues ne le laisseraient pas tranquille avant qu'il leur avoue ce qu'il avait en tête.

Le problème, quand on bossait à *Montgomery Ink*, c'était que tout le monde n'était pas uniquement doué dans ce qu'il faisait, mais qu'ils étaient tous assez proches pour être comme une famille. Et bien que seuls deux d'entre eux soient unis par le sang, les autres avaient un lien assez fort pour comprendre quand quelque chose n'allait pas.

Derek lui-même avait offert son aide au fil des ans. Quand ses amis en avaient eu besoin dans leur vie amoureuse, ou qu'ils avaient voulu quelqu'un à qui parler, il avait été là. Curieusement, il avait trouvé les mots qu'il fallait, et avait été l'une des forces tranquilles de la boutique.

Désormais, il avait le sentiment que dès qu'il entrerait, il ne pourrait pas dissimuler sa frustration ou ce qui n'allait pas chez lui à cause d'O.

Olivia.

Nom de Dieu, il devait se la sortir de la tête et ne penser à elle que dans quatre semaines, quand il espérait qu'elle viendrait. Peut-être qu'elle avait simplement pris peur à l'idée d'en savoir plus sur lui, mais aucun d'eux n'avait manqué une soirée en quatre ans et il espérait qu'ils ne commenceraient pas maintenant, malgré ce qu'elle avait dit. Parce qu'elle ne lui avait pas donné la vraie raison, et peut-être que cela signifiait qu'elle n'en avait pas du tout.

Peut-être qu'elle reviendrait.

Et peut-être qu'il était stupide et devait oublier cette femme qu'il ne connaissait pas autant qu'il le devrait.

Tout espoir de dissimuler ses réactions face à la nuit de la veille disparut quand il entra et trouva sa patronne appuyée contre le bureau de l'accueil, ses sourcils percés haussés alors qu'elle l'observait.

— Pourquoi tu as la tête d'un linge mouillé qu'on a étendu pour laisser sécher ? demanda Maya en tapotant le bureau.

Derek lui aurait fait un doigt d'honneur, mais elle aurait alors su que quelque chose n'allait pas. Au lieu de ça, il cligna lentement des yeux et se rendit à son poste. Elle ricana et il eut le sentiment qu'il était impossible qu'il se sorte de la conversation qu'elle voudrait avoir, mais tout d'abord, il espérait pouvoir au moins préparer son box.

Montgomery Ink était l'une des boutiques (si ce n'est *la* boutique) de tatouages à Denver. La plupart des artistes, y compris lui, avaient des listes d'attente de plus d'un an. Ses patrons, Austin et sa sœur Maya ouvraient un autre salon à Colorado Springs avec leurs cousins, qui seraient propriétaires du bâtiment et géreraient la boutique sur place. Derek ignorait totalement à quel point ils étaient talentueux et doués pour les affaires jusqu'à ce qu'il se retrouve à travailler avec les meilleurs tatoueurs du monde.

Il y avait même eu une rumeur de télé-réalité suivant l'équipe, mais Austin et Maya l'avaient rapidement fait taire. Leur famille était grande, et ils avaient tous traversé l'enfer ces dernières années.

Maintenant, les huit frères et sœurs étaient soient mariés, soit sur le point de se faire passer la bague au doigt et la plupart avaient des enfants. Ils voulaient juste s'installer et faire ce qu'ils aimaient. En fait, presque tous les membres de *Montgomery Ink*, même ceux qui ne portaient pas ce nom, étaient mariés et prévoyaient de fonder une famille.

Il ne restait que Derek et Brandon, mais il avait le sentiment qu'avec ce qu'il s'était passé quelques jours plus tôt, au salon, quand cette inconnue qui ne semblait pas être si mystérieuse pour son ami était arrivée, que Brandon ne resterait pas célibataire très longtemps.

Il ne restait que Derek. Celui qui donnait tous les conseils possibles parce qu'il avait traversé beaucoup de choses dans sa vie, mais qui n'avait ni femme ni petite amie à lui.

Et cela signifiait que tout le monde voulait l'*aider*. Ils avaient déjà essayé de lui organiser des rendez-vous ou de demander quel était son type de femme, et il avait fait de son mieux pour y mettre un terme. Mais maintenant, avec son manque de sommeil et sa sincère confusion quant à ce qu'il s'était passé la veille avec Olivia, il ignorait totalement ce qu'il allait faire.

En soupirant, il alla travailler pour se préparer à

accueillir son premier client de la journée. Ils n'ouvraient pas avant une heure, donc il avait le temps de s'installer et d'aller chercher une tasse de café à côté. Néanmoins, avant même qu'il puisse atteindre son box, Sloane, l'artiste à côté de lui qui était marié avec la gérante du café voisin, s'assit à côté de Derek avec un latte noisette dans la main.

La boisson préférée de Derek.

Hailey, la femme de Sloane connaissait la commande de tout le monde, que ce soit leur boisson préférée ou leur envie s'ils étaient d'une humeur différente, sans avoir à le demander. C'était flippant et pourtant, il aimait ça.

Cependant, si Sloane était ici avec son café, cela signifiait que Maya avait déjà dit à Hailey qu'il se passait quelque chose et qu'ils allaient donc sortir l'artillerie lourde, ce qui était littéralement le cas de son collègue puisque c'était une véritable armoire à glace.

— Merci.

Sloane grogna.

— Je ne parle pas de sentiments. Mais tu as une sale tête et on a le temps de discuter. Alors, crache le morceau.

Maya, qui se tenait derrière Sloane, ricana.

— Tout en douceur.

Sloane haussa les épaules.

— On ouvre bientôt et on n'a pas le temps de tourner autour du pot.

— J'aime ta façon de penser, déclara Austin à côté de Maya.

La boutique s'était remplie quand Derek avait installé son poste. Austin, Blake, Maya, Sloane, Callie, Brandon et Jax étaient tous là, à le regarder.

Le salon n'avait pas souvent été aussi plein puisqu'habituellement, ils ne travaillaient pas tous ensemble, mais maintenant qu'ils l'avaient légèrement réagencé, il y avait plus de place. Néanmoins, cela signifiait que chaque artiste le fixait.

— Quoi ? dit-il enfin.

— Ne nous lance pas ce genre de *quoi*, intervint Maya. Tu as l'air triste. Et, généralement, quand tu vas à ton rencard ou à ce truc, peu importe comme tu l'appelles, tu reviens en pétant glorieusement la forme.

— Nom de Dieu, marmonna Austin dans sa barbe.

Le reste de l'équipe rit.

— En pétant glorieusement la forme ? s'enquit Derek.

— C'est vrai, répondit Maya.

Le jeune homme comprit enfin ce qu'elle venait de dire.

— Attends. Comment es-tu au courant pour mes rencards ?

— Un jour, tu as trop bu et tu l'as mentionné à Sloane, répliqua Callie.

Elle lui sourit derrière ses cheveux multicolores et il eut envie de fermer les yeux pour grogner.

Sloane eut la décence de grimacer.

— Et je l'ai ensuite mentionné à Hailey puisque moi aussi, j'étais bourré et que j'ai oublié de ne pas lui dire de ne pas le répéter à Maya.

— Et maintenant que je suis au courant, les gens qui comptent le savent aussi parce que nous t'aimons et que nous voulons que tu sois heureux. Mais pourquoi ne l'es-tu pas ?

— Je vais bien.

— C'est faux, répliqua Jax.

Il était leur nouvel artiste, mais il s'était bien intégré.

— *J'irai* bien. Ça vous convient ?

— Pourquoi tu ne nous dis pas simplement ce qu'il s'est passé pour qu'on puisse changer de sujet ? demanda rapidement Austin.

Il était clairement prêt pour que cette conversation s'achève. Puisque Derek voulait la même chose et savait qu'il ne pouvait s'en sortir, il décida qu'il allait en finir avec ça. Il ignorait ce qu'il faisait, après tout. Peut-être qu'ils pouvaient aider.

— J'ai rencontré une fille, il y a quelques années. Une femme. On s'amuse bien. Ou on s'amusait. On se retrouve une fois par mois au même endroit, on passe une bonne nuit. On ne se parle pas et on ne se voit pas avant le mois suivant. Pas de nom, pas de numéro de téléphone, rien n'est partagé à part l'expérience. C'est sympa. C'est différent. Elle est sympa. Elle est différente. Mais maintenant, elle dit qu'elle ne veut plus continuer et j'ignore totalement ce qu'il se passe. Je vais quand même y aller le mois prochain, vous voyez. Parce que je ne peux pas juste laisser cette histoire se terminer, mais ce n'est pas comme si je savais quoi faire à part ça.

Il ne s'était pas rendu compte qu'il avait tout laissé sortir jusqu'à ce qu'il lève les yeux et que l'équipe le regarde fixement comme si une deuxième tête avait poussé sur son cou. Peut-être que c'était le cas, parce qu'il était clair qu'il ne se sentait plus lui-même à ce moment-là.

— J'ai d'autres questions, mais nous n'avons pas le temps d'expliquer les pourquoi et comment, intervint Callie. Mais tu l'aimes bien ? Tu veux la fréquenter plus souvent qu'une nuit par mois ? Parce que si c'est le cas, tu dois la trouver.

— Je ne peux pas la trouver. C'était le but de notre arrangement.

— Alors, attends un mois pour voir si elle vient, dit Sloane. Mais ne le harcèle pas ou une autre connerie comme ça, parce que si tu joues au mec flippant, on va devoir te tabasser.

— Amen, répondirent Brandon et Jax en même temps avant de se lancer un petit sourire.

— Je ne vais pas la harceler. Mais je veux savoir pourquoi elle a mis fin à tout ça. Est-ce qu'elle veut plus et qu'elle pense que ce n'est pas mon cas ? Est-ce qu'elle a trouvé quelqu'un d'autre ? Je veux savoir *pourquoi* et je ne veux pas attendre, mais je pense que je le dois.

— Tu as une photo d'elle ? s'enquit Maya. Peut-être qu'on la connaît. On connaît beaucoup de gens.

Derek lui lança un regard sévère.

— On vit à Denver, pas dans le trou du cul du monde. Je ne pense pas que tu la connaisses.

— Laisse-nous la voir, au moins, le supplia Callie. Si tu as une photo, bien sûr.

— J'en ai une, marmonna-t-il en sortant son téléphone.

Ils avaient tous les deux une photo de l'autre,

même si cela n'avait pas fait partie de leur marché. Il n'avait pas pu s'en empêcher et il la regardait souvent. Elle était simplement recouverte par le drap, mais on ne pouvait pas le voir à moins d'être au courant, et il en était ravi. L'air dans son regard, ses lèvres entrouvertes étaient juste pour lui.

Et maintenant, il allait la partager, la seule petite partie d'elle. Il n'était pas sûr de le vouloir. Mais n'était pas certain de pouvoir se retenir s'il souhaitait la trouver.

Il fit passer son téléphone et si les mecs souriaient, Callie et Maya se lancèrent des sourires satisfaits. Puis Austin jura dans sa barbe.

— Quoi ? s'enquit Derek. Tu la connais ?

Il était impossible que ce soit vrai, mais le destin ne pouvait pas être aussi sympa avec lui, après tous les coups et les blessures qu'il lui avait infligées au fil des ans.

— Oui, je la connais. C'est Olivia. Ma voisine.

Austin secoua la tête.

— Ça doit vouloir dire quelque chose, mec.

Derek resta assis là, reprenant son téléphone pour la voir à nouveau. C'était le cas ? Cela signifiait-il quelque chose ? Parce que si elle était réellement la voisine d'Austin, alors peut-être qu'il avait une seconde chance.

Ou peut-être que tout avait été foutu dès le début. Il devait lui laisser l'espace dont elle avait besoin. Mais ce qu'il savait, c'était que tout n'était pas terminé, loin de là.

Le destin semblait être de son côté, pour une fois, et il n'allait pas abandonner. Pas cette fois.

Pas encore.

CHAPITRE TROIS

OLIVIA AVAIT une migraine de l'enfer, et elle espérait simplement que c'était à cause de la boisson de la veille. Puisqu'elle avait tendance à ne pas boire quand elle était chez elle, comme elle n'était pas une grande fan d'alcool, cela signifiait que sa douleur venait du stress au travail et de son manque de sommeil.

Cela faisait deux jours qu'elle n'avait pas vu Derek, son D, et elle ne pouvait le sortir de ses pensées. Bon sang, elle n'avait pas pu l'oublier pendant vingt ans lorsqu'il était son Derek, et à nouveau pendant quatre ans supplémentaires en tant que D. Comment était-elle censée ne pas songer à lui quand il était les deux ?

— Oh.

Elle passa une main sur son visage, voulant que son esprit se concentre sur le bon sujet plutôt que celui qu'elle aurait dû enfermer dans son caveau secret depuis longtemps. Si seulement Derek n'avait pas dit son nom, si seulement elle n'avait pas remarqué son regard pile sous la bonne lumière quand il l'avait dit, elle n'aurait peut-être pas assemblé les pièces du puzzle. Honnêtement, elle ignorait comment elle avait pu ne pas se rendre compte de qui il était pendant si longtemps, mais cela était peut-être pour une raison. Son cerveau et ses souvenirs lui avaient offert un sursis, uniquement pour revenir avec une force immense et lui mettre une claque au visage à cause des railleries vicieuses et des accusations.

Peu importait que ces trahisons viennent d'elle et non de Derek. Elles étaient là, peu importait ce qu'il se passait, et elle ne pouvait pas les oublier.

Bon sang. Elle avait du travail, une personne à oublier et une existence lors de laquelle elle devait essayer de survivre. S'apitoyer sur un homme qu'elle ne pouvait revoir, un homme qu'elle ne *reverrait jamais*, n'aiderait rien du tout.

Mais cela ne signifiait pas que son esprit allait la

laisser faire. Elle était Olivia, après tout, la personne qui se focalisait sur une chose et qui s'inquiétait au point de s'épuiser et de devenir confuse.

— Il faut que je travaille, chuchota-t-elle.

Elle avait conscience que si quiconque était la maison avec elle, cette personne penserait qu'elle se parlait à elle-même. Qu'elle communique avec elle-même n'avait aucune conséquence. Elle était éditrice en free-lance. Elle se parlait *constamment*. Et si ce n'était pas une preuve retentissante de sa santé mentale et de la qualité de ses services, elle ne savait pas ce que c'était.

En soupirant, elle ouvrit le document et essaya de se concentrer sur son livre. Son projet actuel consistait à éditer le premier livre d'une trilogie de romances et elle était déjà amoureuse de l'histoire. C'était la troisième fois qu'elle travaillait avec cet auteur et ils commençaient vraiment à créer une routine.

Bien sûr, alors même qu'elle pensait ça, elle fit de son mieux pour ne pas grimacer à cause de la note qu'elle devait écrire. L'écrivain avait décidé de tuer une chatte afin de réunir l'héroïne vétérinaire et le héros grognon. C'était logique et bien exécuté, mais Olivia savait que l'une des règles de la romance était de ne pas tuer les animaux de compagnie. Ces règles comprenaient une fin heureuse pour toujours, donc on ne tuait pas les protagonistes féminin ou masculin et il n'y avait pas de tromperie. Il y avait également la règle des animaux de compagnie.

Olivia espérait que l'auteur n'aurait pas de problème pour changer cet aspect-là, parce qu'elle ne voulait pas que les lecteurs soient en colère et la mettent sur une *liste.* Elle se haïssait d'avoir à écrire cette note. La scène était parfaitement exécutée et fonctionnait avec le livre, mais... c'étaient les règles.

Les règles.

Bien sûr, il y avait des règles. Il y en avait pour tout. Et Olivia les avait toutes enfreintes quand il s'agissait de Derek et de D.

Oui, elle pensait à eux comme deux personnes distinctes puisqu'elle avait un guide différent pour chacun, mais ils étaient désormais mélangés dans son esprit et elle se disait qu'elle allait être malade. Pas étonnant que son cerveau soit douloureux.

Olivia sirota son café en grimaçant, car il était froid, mais elle était trop paresseuse pour se lever et se préparer une autre tasse. De plus, elle croyait fermement que si elle l'avait fait, elle devait le boire, qu'il fut froid ou non. D'où la raison pour laquelle

elle buvait des lattes au caramel puisque cela avait un meilleur goût froid que du café ordinaire et elle avait tendance à se perdre dans son travail ou ses pensées donc les boissons froides faisaient partie de sa routine quotidienne.

Elle avait encore quelques heures de correction avant de pouvoir renvoyer le manuscrit et de commencer un autre projet, qui était une relecture, puisqu'elle était aussi certifiée dans ce domaine. Elle aimait passer de l'un à l'autre afin que son esprit reste frais pour le prochain round, et elle était heureuse que son travail lui permette de bosser depuis la maison. Elle était plongée dans le travail et elle adorait ça.

Non seulement elle pouvait lire des œuvres géniales d'auteurs talentueux, mais elle pouvait également travailler en portant un joli legging et un débardeur avec soutien-gorge à balconnet, à la place de ceux avec les soutiens en fer. Elle n'avait pas besoin d'être maquillée ou d'avoir des chaussures et le plus souvent, elle finissait avec un chignon sur le sommet du crâne, avec ses lunettes à monture bleue glissant sur l'arête de son nez.

Oui, elle adorait son travail.

En revanche, les autres aspects de sa vie laissaient un peu à désirer, dernièrement, il semblerait.

Agacée contre elle-même pour s'être déconcentrée une nouvelle fois à cause d'une erreur qu'elle ne commettrait plus, elle repoussa l'objet de sa distraction hors de son esprit et se remit au boulot. Elle était si focalisée sur le voyage de l'héroïne qu'elle laissa échapper un cri minuscule lorsque son téléphone sonna.

Elle avait oublié qu'elle avait monté le volume de son alarme et qu'elle ne l'avait pas réinitialisé. Elle remit son smartphone sur vibreur avant de répondre.

— Salut, Alice.

Alice était sa meilleure amie, même si elle vivait dans un autre État et généralement, elle n'appelait pas dans la journée puisqu'elles travaillaient toutes les deux. Alors, si elle la contactait, soit c'était important, soit elle était coincée sur une scène. Son amie était auteure et l'une de ses clientes. Habituellement, elle écrivait la journée et réfléchissait à ses intrigues la nuit. Olivia avait toujours admiré l'autre femme pour sa créativité parce que si Olivia adorait éditer un roman, elle savait bien qu'elle ne serait jamais écrivaine et ça ne la dérangeait pas.

— Je déteste ce livre.

Olivia ricana comme Alice paraissait sérieuse, mais son amie arrivait à ce point au moins une fois par projet et c'était le boulot d'Olivia de calmer l'autre femme. Toutes les deux, elles ne s'étaient rencontrées qu'une seule fois en vrai, mais elles parlaient presque tous les jours. Alice était légèrement plus grande qu'Olivia, bien plus mince, et sa peau avait une teinte un peu plus sombre. Lorsqu'elles s'étaient toutes les deux rencontrées à une conférence, elles avaient fait tourner les têtes, d'après Alice, puisqu'apparemment, elles donnaient une image sexy. Olivia, comme d'habitude, ne l'avait pas remarqué, mais c'était la raison pour laquelle elle avait Alice. L'une des nombreuses raisons.

— Tu dis toujours ça et tu finis par adorer le livre. Tu en es au milieu, non ?

— Pourquoi les livres ont-ils besoin d'un milieu ? Pourquoi il ne peut pas juste commencer, montrer les personnages en train de coucher ensemble, et puis *boum*, fin. C'est plus facile à écrire.

— Et pourtant, tu me passes un coup de fil quand tu regardes une page blanche, et me demandes pourquoi les livres ont besoin d'un début. Et encore à la fin quand tu dis que tu veux juste tout gâcher ou les mettre dans un lit et en finir là. Je sais comment tu bosses, demoiselle.

— Ne me balance pas mon travail au visage. Je ne suis pas censée être logique. Je suis auteure.

Elles rirent toutes les deux et Olivia s'enfonça

dans sa chaise, sa tête palpitant toujours, mais pas autant qu'auparavant. Elle allait compter ça comme un progrès.

— Tu es une idiote. Mais c'est pour ça que je t'aime.

— Moi aussi, je t'aime. Mais pourquoi écrire est-il si difficile ? Enfin, à quel siècle est-on, maintenant ? Pourquoi ne peut-on pas juste connecter nos cerveaux à nos ordinateurs pour sortir toutes nos pensées de notre tête et les faire apparaître sur l'écran.

— Tu dis ça, mais j'ai vu un film avec cette intrigue et ça ne se terminait pas bien pour les humains.

— Eh bien, ce serait le cas, si c'était mon livre. Il n'y a que de l'angoisse, des intrigues, des ébats transpirants et du bonheur pour toujours. Le monde a besoin de plus de fins heureuses.

C'était la vérité. Et, bien sûr, quand elle y songea, Derek se glissa une fois de plus dans le cerveau d'Olivia. Elle fit de son mieux pour ne pas trop penser à lui. Une part d'elle avait un jour cru que leur rencontre mensuelle pouvait peut-être devenir quelque chose de plus. Une autre part d'elle avait cru que conserver le rythme d'une fois par mois les gardait en sécurité.

Elle avait eu tort sur les deux tableaux, parce qu'elle n'allait jamais le revoir. Pas quand elle pouvait lui faire du mal en l'aidant à se souvenir.

Elle s'était déjà fait du mal avec sa propre mémoire.

— Tu es là, Olivia ?

La voix d'Alicia la tira de sa rêverie et elle s'éclaircit la gorge.

— Désolée. Je réfléchissais juste.

— Tu réfléchis tout le temps. Comme moi. Et même si, à l'occasion, on s'arrête au milieu d'une phrase parce qu'on est perdu dans nos têtes, je ne pense pas que ce soit le cas, là. Qu'est-ce qui ne va pas ?

C'était le problème quand votre meilleure amie vous connaissait autant. Alice avait tendance à deviner les humeurs d'Olivia avant elle-même. Le fait que l'auteure puisse le faire sans même être au fait du passé de l'éditrice montrait bien les talents d'Alice, mais Olivia n'allait pas tout lui dévoiler. Pas encore. Elle avait besoin de se concentrer sur ses propres pensées et de découvrir ce qu'elle allait faire de ces nouvelles révélations avant de partager quoi que ce soit avec Alice.

— Tout va bien. Je pense juste au travail.

C'était un mensonge. Et elle se détestait pour ça, mais elle n'était pas prête à tout dire à Alice.

Elle n'était pas sûre de l'être un jour.

— Je sais que ce n'est pas vrai à cent pour cent, mais je vais laisser couler parce que tu sais que dès que tu seras prête à en parler, je serai là. Toi et moi, on s'en sort mieux quand on ne pousse pas les autres et que l'on connaît nos limites.

Olivia laissa échapper un soupir de soulagement, consciente qu'Alice pouvait l'entendre. Elle aimait l'autre femme, et ce qu'elle préférait chez elle, c'était qu'elle respectait le besoin d'Olivia d'avoir une vie privée. Elle-même faisait la même chose pour Alice, et c'était la raison pour laquelle leur amitié fonctionnait si bien.

— Merci.

— Pas de problème. Et maintenant, j'ai une idée pour le milieu du livre. Je te parle plus tard.

Olivia n'eut aucune chance de dire au revoir avant qu'Alicia raccroche pour se reconcentrer sur son roman. C'était son amie, complètement concentrée quand elle voulait l'être même si elle était une distraction pour le travail d'Olivia, parfois. Tout allait bien, puisque sa montre vibra à ce moment-là, lui rappelant de bouger. Son travail exigeait qu'elle reste assise pendant de longues périodes, à regarder son ordinateur, et elle ruinait donc son corps en même temps.

Elle irait juste faire un tour, s'éclaircirait les idées, puis reviendrait pour terminer. Si elle se concentrait, elle finirait aujourd'hui et rendrait le manuscrit bien en avance. C'était toujours ce qu'elle préférait faire, mais elle faisait de son mieux pour que les auteurs ne s'y habituent pas au cas où elle serait en retard sur un planning ou si le livre prenait plus de temps que prévu. Ce deuxième cas arrivait généralement avec les romans fantastiques parce que le monde était si vivant que soit elle se perdait dedans, soit elle devait le disséquer pour s'assurer que tout était cohérent. Elle adorait ça, mais c'était une migraine encore plus forte que celle qu'elle avait actuellement.

Après avoir sauvegardé une fois de plus son fichier, elle ferma son ordinateur portable et alla dans la chambre pour trouver ses chaussures. Puisqu'elle portait un legging et un débardeur, elle était déjà prête à partir. Non pas qu'elle arborait cette tenue pour une raison particulière, mais le côté pratique sur le fait de ne pas avoir à se changer était sympa. Elle ne pouvait pas courir avec le soutien-gorge qu'elle portait, mais avec la taille de sa poitrine, il faudrait au moins deux brassières de sport pour que celle-ci ne lui heurte pas le menton.

Elle était presque sûre que c'était arrivé une fois, et expliquer les tensions dans le sein et les ecchymoses sur le menton aux gens n'était pas quelque chose qu'elle voudrait refaire à l'avenir.

Pas encore une fois.

Elle enfila une veste légère et sortit, mettant ses écouteurs pour écouter un livre audio au lieu du bruit de ses pieds sur le trottoir. Si elle devait entendre ça, alors elle ne marcherait pas, et elle finirait par paresser, travaillant et grandissant lentement à l'horizontale. Si elle devait courir (ce qu'elle ne faisait que quand elle envisageait une apocalypse zombie et qu'elle se rappelait qu'elle devait au moins être assez rapide pour les doubler), elle devait mettre de la musique forte plutôt qu'un livre.

Olivia était un peu excentrique, mais ça ne la dérangeait pas. Elle s'était rendu compte depuis longtemps qu'elle serait la folle avec des chats qui travaillaient depuis chez elle. Elle avait juste besoin d'un chat, qu'elle achèterait bientôt, mais elle n'avait toujours pas trouvé le bon dans un refuge. En plus, elle se remettait encore de la perte de son autre chat l'année précédente et elle ne voulait pas apporter ce changement si rapidement.

Et à présent, elle marchait vite et clignait des yeux pour chasser ses larmes en essayant de ne pas penser à son chat *ou* à Derek.

Elle perdait officiellement la tête.

Avec une profonde inspiration, elle se concentra sur l'écoute de son livre, tout en faisant son trajet de deux kilomètres dans le quartier. Si elle allait plus loin, elle s'ennuyait, donc elle faisait plus d'une promenade par jour. Comment était-elle devenue si nécrosée ? Elle l'ignorait, mais ça ne la gênait pas.

Au bout du rouleau, elle passa la maison de son voisin et sourit, faisant un signe de la main à Sierra Montgomery qui montait dans son SUV avec ses deux fils, Leif et Colin. Leif était aussi grand que Sierra, maintenant, et Olivia n'était pas sûre de savoir comment c'était arrivé. Elle vivait à côté de la maison du mari de Sierra, Austin, depuis des années, avant même qu'il l'épouse et avant que Leif, son fils d'une précédente relation, n'arrive. Elle ne connaissait pas toute l'histoire, étant donné que ce n'était pas ses affaires, mais elle savait que c'était une famille aimante.

Elle était également au courant qu'Austin avait sept frères et sœurs, tous mariés, et la plupart avaient des enfants. Parfois, il invitait toute l'équipe pour une journée familiale, et Sierra venait toujours la voir avec des restes ou même avec tout un gâteau, s'excusant pour le bruit. Ça ne dérangeait jamais Olivia puisque tout le monde était gentil avec elle et ils ne faisaient jamais de bruit après vingt et une heures. Elle avait eu de pires voisins. Les Montgomery étaient assez géniaux. En plus, Austin venait constamment réparer ce qu'elle ne pouvait atteindre. Elle n'avait peut-être pas d'homme dans sa vie, mais elle avait des amis et des connaissances qui l'aidaient quand quelque chose était hors de ses compétences.

Avant que Sierra s'en aille, Austin sortit, lui lança un regard curieux puis alla embrasser sa femme. Le cœur d'Olivia fondit légèrement et elle se pâma quand elle vit Sierra faire un pas en arrière, stupéfaite, avant de retourner dans le SUV. Cet homme savait apparemment embrasser et après toutes leurs années de mariage, ils étaient toujours sacrément torrides.

Olivia n'était que légèrement jalouse.

Et par légèrement, elle voulait dire beaucoup.

Olivia alla s'asseoir sous le porche pour profiter de la brise avant de retourner à l'intérieur, elle était donc en ligne de mire d'Austin quand une autre voiture se gara à la place que Sierra venait juste de libérer. Puisque le couple recevait constamment la visite de famille ou d'amis du salon de tatouage, ce n'était pas une surprise.

Ce qui fut une surprise, en revanche, c'était l'homme qui sortait du véhicule, ses longues jambes dans un jean qui rendait ses cuisses sacrément sexy. Il avait un haut fin qui soulignait ses épaules larges et sa taille fine. Sa barbe grandissait et donnait envie à Olivia de passer ses doigts dedans. Ses cheveux étaient écartés de son visage, même si elle savait qu'il avait besoin d'une nouvelle coupe.

Derek.

Bon sang.

Austin connaissait Derek.

Elle lutta pour contrôler sa respiration alors qu'Austin et Derek s'enlaçaient de façon virile, ce qui la perturbait toujours. Son voisin se tourna ensuite vers elle, haussant les sourcils.

Traître.

Elle ignorait pourquoi cette pensée s'était insinuée dans son esprit, ou comment Austin connaissait Derek, ou même si celui-ci paraissait au courant que son voisin la connaissait.

Tout ce qu'elle savait, c'était que l'homme devait rester loin d'elle, et ne pas s'avancer d'un air trop sexy et avec un regard intense, comme il le faisait actuellement. Il avait carrément l'air de *rôder*, et tout ce qu'elle pouvait penser, c'était qu'il était le prédateur et qu'elle était la proie.

Seulement, en fin de compte, ce serait lui qui serait blessé. Elle le savait.

Après tout, elle lui assenerait le coup ultime.

Une nouvelle fois.

CHAPITRE QUATRE

DEREK SAVAIT qu'il devait y aller lentement, peut-être même si lentement qu'il n'irait pas directement la voir. Il devrait entrer chez Austin et laisser de l'espace à Olivia, tout en étant conscient qu'elle serait capable de l'atteindre si elle en avait besoin.

Seulement, il ne le fit pas. Il n'avait jamais prétendu être un homme intelligent, après tout.

Il ne pouvait s'empêcher de remarquer ses yeux écarquillés sur son visage toujours expressif. Ses cheveux étaient attachés sur le sommet de son crâne et elle portait un legging serré qui dévoilait ses courbes.

Des courbes qu'il avait touchées, léchées et mordues à plusieurs reprises au fil des ans.

Il retint un grognement et intima à son sexe de

bien se comporter. Il voulait la garder dans sa vie et se rendre chez elle sans s'annoncer, tout en bandant, n'était pas une bonne façon de le faire. Il avait déjà l'impression de s'engager sur le terrain du harcèlement alors il allait devoir la jouer fine.

— Salut, Olivia.

Elle déglutit difficilement et il regarda sa gorge cliqueter. Elle ne bougea pas de son porche et il ignorait totalement ce que cela signifiait.

— Tu es... tu es ici.

Il se tenait à côté toujours du côté de la maison d'Austin, ne s'engageant pas sur la propriété de la jeune femme. Il ne voulait pas s'approcher d'elle si elle n'en avait pas envie, donc il faisait bien attention à ne pas déborder.

— Je le suis. Je sais que c'est bizarre et que ça ne ressemble en rien au marché que nous avons passé, mais j'étais au boulot et le sujet de notre arrangement est venu sur le tapis. Et, apparemment, Austin te connaît. Le monde est petit, non ?

Elle ne répondit rien, néanmoins sa respiration s'accéléra. Derek dut faire appel à tout son courage pour ne pas regarder sa poitrine généreuse se gonfler et retomber parce qu'il était... eh bien, lui-même, et il aimait ce à quoi elle ressemblait. Mais il ne voulait pas non plus qu'elle le vire hors de portée de vue et qu'elle appelle les flics. Non pas qu'elle le ferait, mais tout de même.

— J'ai demandé Austin si je pouvais venir te parler. Je n'ai pas réclamé ton numéro, puisque ce n'était pas à lui de me le donner. Et je suis toujours sur sa propriété, donc je n'empiète pas sur la tienne et je ne te mets pas mal à l'aise. C'est trop difficile. J'essaie de ne pas te mettre mal à l'aise. Si tu veux que je m'en aille, je le ferai. Mais je veux te parler, O. Laisse-moi te parler.

Elle resta silencieuse pendant un si long moment qu'il crût qu'il avait tout gâché et il craignait qu'elle s'enfuie. Puisqu'elle l'avait déjà fait et qu'il ignorait pourquoi, il resta planté là, ses mains sur ses flancs alors qu'il tentait de ne pas avoir l'air menaçant. C'était un grand homme, avec une barbe et des cheveux assez longs, ainsi que des tatouages, donc ce n'était pas très facile pour lui de ne pas avoir l'air intimidant.

— Je n'arrive pas à croire que tu sois là.

— Je n'arrive pas à croire que tu sois la voisine d'Austin. Mais ça doit être pour une raison, non ?

Le visage de la jeune femme se referma et elle se mordit la lèvre.

— Tout n'est pas connecté pour une bonne raison, D... Derek.

Il ne savait pas ce qu'elle voulait dire par là, mais elle se leva et posa les mains sur ses hanches.

— On ne fera rien, si tu n'en as pas envie. Je te le promets.

Elle croisa son regard et acquiesça légèrement. Il ignorait pourquoi un tel élan écrasant de soulagement s'abattait sur lui, mais il était sacrément heureux qu'elle lui donne une chance. Il ne savait pas ce qu'il voulait d'elle ni de lui-même, d'ailleurs, mais il était conscient que si elle s'éloignait, ce serait terminé.

Et il ne souhaitait pas que ça se termine.

Peu importe ce que « *ça* » était.

— J'imagine que tu devrais entrer.

Elle resta silencieuse pendant un moment, comme si elle essayait de rassembler ses pensées et bon sang, il faisait la même chose.

— Nous devons discuter de certaines choses.

Il acquiesça sèchement et fit un pas pour traverser la frontière invisible qui séparait les propriétés d'Austin et d'Olivia. Son patron était déjà rentré chez lui quand Derek s'était éloigné sans un mot. Il avait entendu la porte se fermer derrière lui. Austin comprendrait son besoin d'intimité plus que n'importe qui, même s'il était sûrement prêt à sortir si Olivia avait besoin d'aide. Bon sang, Austin était peut-être l'ami de Derek, mais il serait du côté de la jeune femme et ça ne dérangeait pas ce dernier. Enfin, s'il y avait vraiment deux côtés dans cette histoire. Après tout, Derek ferait la même chose.

Il la vit avancer quand il la suivit vers la maison. Il n'arrivait toujours pas à croire que les choses se soient goupillées ainsi, et il avait le sentiment que ce n'était que le début. Il aurait aimé savoir ce qu'il voulait, mais tout ce dont il était sûr, c'était qu'il ne souhaitait pas que leur relation s'achève. Il allait lui parler, voir ce qu'elle répondrait, et lui demanderait si elle voulait qu'ils se retrouvent le mois prochain. Il ne lui mettrait pas la pression, il ne la pousserait pas dans une situation inconfortable, néanmoins il savait que ce qu'ils vivaient était trop bon pour abandonner si facilement.

Ils étaient plus qu'un coup d'un soir mensuel, il en était persuadé. En revanche, il ignorait s'ils étaient beaucoup plus et c'était quelque chose qu'ils devraient découvrir ensemble. Enfin, si elle l'autorisait à revenir dans sa vie, même pour une seule nuit par mois.

Quand elle ferma la porte derrière lui, il jeta un coup d'œil à sa maison, essayant de comprendre qui était Olivia. Il ne connaissait son prénom que depuis leur dernière nuit ensemble et même s'il avait toujours su ce qu'ils s'étaient promis à eux-mêmes et à l'autre, une part de lui en désirait plus. Il avait cru en savoir plus sur elle à cause de leur proximité, une fois par mois. Il avait appris chaque partie de son corps, chacune de ses inspirations profondes, chaque courbe, chaque contact doux, et pourtant ça n'avait pas été suffisant. Et bien qu'il aime la manière dont elle souriait, dont elle le faisait rire, sa façon de ne rien cacher à part qui ils étaient quand ils étaient ensemble, il ne savait rien d'autre sur elle.

Et cette idée qu'il ne puisse plus jamais la revoir lui avait fait penser qu'il avait besoin de plus de sa part, qu'il souhaitait plus qu'une seule nuit.

Il avait besoin d'elle.

Bon sang, ce serait peut-être trop, même pour lui, si c'était aussi rapide. Toutefois, il s'était dit qu'il devait la revoir afin de découvrir ce qu'il allait faire. Sa réflexion se nouait alors qu'il mettait dans la balance ce que son cerveau et son corps désiraient. Pourtant, il n'arrivait à aucune conclusion.

Derek n'était pas un salaud et il était temps qu'il commence à agir comme l'homme qu'il était, lorsqu'il était avec elle. Son O. Son Olivia.

Sa maison était de bonne taille, pas aussi grande que celle d'Austin puisque la sienne était un peu plus loin sur la route, avec une grande allée, donc il avait eu plus de place pour construire. Cependant, la demeure d'Olivia semblait lui convenir, du moins d'après ce qu'il voyait et savait d'elle. Les murs étaient peints en couleurs claires et il y avait des tapis de mêmes couleurs sur des parquets sombres. Visiblement, tout était à sa place et épousseté, comme si elle prenait soin de ce qu'elle possédait et n'avait ni enfants, ni animal de compagnie pour déranger ses affaires.

Enfin, il ne savait même pas si elle avait un enfant ou un animal. Comment pouvait-il ignorer ça ? Il savait qu'elle n'était pas mariée uniquement parce que cela avait fait partie de leur marché lorsqu'ils l'avaient débuté. Ni l'un ni l'autre ne voulait tromper un quelconque partenaire, donc ils avaient tous les deux avoué assez tôt qu'ils n'étaient pas mariés.

Aucune des photos sur le mur ne montrait un homme et Austin avait même dit qu'Olivia vivait seule, donc ça, au moins, c'était vrai.

Mais qu'avait-il manqué d'autre quand il avait plongé sa tête dans le sable et s'était perdu dans la sensation unique d'être avec elle ?

— C'est bizarre, dit Olivia dans sa barbe.

Il se retourna pour la regarder. Ses mains étaient croisées devant elle, et ses yeux, écarquillés. Elle n'arrêtait pas de mordre ces lèvres qu'il aimait tant mordiller lui-même.

Il enfonça ses mains dans les poches de son jean et se balança sur ses talons.

— Ouais, j'imagine. Je ne t'ai jamais vue sans une robe moulante.

Elle sourit.

— Et je porte actuellement un pantalon de yoga et pas de maquillage. C'est vraiment différent, non ?

Puisqu'il aimait la forme de ses fesses et de ses cuisses dans ce pantalon de yoga, il n'allait pas s'en plaindre.

— Tu es sexy, peu importe comment tu es habillée. Je ne vais pas te mentir. Et je te trouve belle avec ou sans maquillage. Je ne suis pas l'un de ces mecs qui vont dire quelle version de toi ils préfèrent puisque l'important, ce n'est pas ce que j'aime, mais ce que *toi*, tu aimes. En plus, tu es plus que jolie dans les deux cas.

Elle écarquilla encore davantage les yeux avant de battre rapidement des cils.

— Oh. Eh bien, c'est sympa à entendre. La plupart des mecs sont des salauds à ce sujet, même quand ils pensent qu'ils sont sophistiqués en affirmant quelque chose qui contredit leurs propos précédents.

— Je n'arrive toujours pas à croire que tu sois la voisine d'Austin.

— Comment... comment le connais-tu, exactement ? Parce que c'est bizarre. Tu vois ?

Il acquiesça, sans s'approcher d'elle, sachant qu'ils avaient besoin tous les deux d'espace afin de pouvoir réfléchir correctement. Le problème était que lorsqu'il était avec elle, il avait toujours envie de la toucher, et ça n'était donc pas facile de réfléchir.

— Je suis tatoueur chez *Montgomery Ink.* Avant, j'étais intérimaire et je venais chaque mois, après être passé dans une autre ville, en essayant d'avoir des références pour mon portfolio. Mais tu savais quand j'étais ici, puisque ça coïncidait toujours avec *notre* moment.

Elle ne répondit rien, mais il ne s'était pas vraiment attendu à quoi que ce soit. Il n'y avait pas grand-chose à dire sur le fait qu'ils avaient un arrangement inhabituel, surtout maintenant qu'elle voulait que ça s'arrête.

Il espérait simplement qu'elle ne le pensait pas vraiment.

— Désormais, je vis à Denver. J'habitais ici quand j'étais plus jeune, j'ai déménagé après l'école et je suis revenu ici pour y rester. Austin et Maya, les propriétaires du salon m'ont engagé à temps plein, donc maintenant j'ai un salaire fixe et tout ça.

Il ne savait pas pourquoi il bredouillait, mais bon sang, il n'avait aucune idée de ce qu'il devrait lui dire.

Comment avouer à une femme qu'il la désirait toujours dans son lit et qu'il souhaitait voir ce qui pouvait arriver en dehors, tout en étant conscient qu'il ne serait peut-être pas prêt pour un véritable engagement ?

Il avait perdu une partie de lui-même des années plus tôt, avec quelqu'un qu'il aimait, et il n'était pas sûr de pouvoir ressentir un jour ce dont il avait besoin dans une relation. Peut-être qu'il était un salaud égoïste, quand il s'agissait d'Olivia, mais il ne pouvait s'empêcher de la vouloir encore et encore.

Et c'était le problème.

— C'est une bonne équipe. Austin s'est occupé de certains de mes tatouages, par le passé.

Lorsque Derek les avait léchés, il avait admiré le travail et s'était dit qu'ils semblaient familiers et il avait ignoré pourquoi. Le monde était petit.

— Ce sont les meilleurs. Je suis ravi qu'ils m'aient autorisé à rester.

Il resta silencieux un peu plus longtemps en essayant de penser à ce qu'il pouvait dire, ce qu'il souhaitait déclarer. Il était doué avec les mots, quand il conseillait d'autres personnes, mais avec lui-même, ses propres besoins et ses propres désirs ? Il manquait de réflexion dans ce domaine.

Peut-être qu'il pouvait s'éclaircir les idées sur ce qu'il souhaitait vraiment avant d'avouer ce dont il avait besoin, mais pas tout de suite.

L'inquiétude put se lire sur le visage d'Olivia et il fit un pas en avant, prenant son visage en coupe, puis réfléchit.

— Qu'est-ce qui ne va pas ?

— Je... Je n'arrive pas à croire que tu sois là.

— Moi non plus.

— Je dois te dire certaines choses.

Il acquiesça la regardant, mais n'entendant pas vraiment les mots. Il était si égoïste quand il s'agissait d'Olivia, et il le savait.

— Plus tard.

Et parce qu'il ne pouvait s'en empêcher, il l'embrassa, ayant besoin de la toucher davantage bien plus qu'il ne lui fallait d'air pour vivre. Lorsqu'elle posa les mains sur son torse, il eut peur qu'elle le repousse, mais elle n'en fit rien.

Au lieu de ça, elle garda ses paumes sur lui, ne le rejetant pas, ne l'attirant pas, les mettant simplement à plat. Il prit donc cela pour un pacte. Il approfondit le baiser, ses mains glissant dans ses cheveux quand il l'appuya doucement contre la porte. Elle gémit contre lui et il s'éloigna légèrement pour mordre l'une de ses lèvres, là où elle l'avait fait auparavant. Lorsqu'elle laissa échapper une petite exclamation, il lécha le petit picotement et le suçota, appréciant la façon dont son regard s'assombrissait.

Il l'embrassa dans le cou, jusqu'à l'épaule, tirant légèrement sur la bretelle de son soutien-gorge pour atteindre l'endroit sur sa peau qui la faisait frissonner à son contact. Il connaissait cette part d'elle, il le savait, et pourtant, ce n'était pas suffisant. Car il y avait plus dans la vie que des ébats agréables et même si Olivia et lui en profitaient grandement, il désirait plus d'elle et avec elle.

N'avait-il pas voulu plus, quand il lui avait intimé de l'appeler Derek ? Cela avait été le déclencheur, il le savait. C'était la raison pour laquelle elle l'avait repoussé. Et il devait découvrir pourquoi. Une fois qu'il reculerait, qu'il pourrait penser clairement et ne pas l'embrasser pour goûter sa peau comme il le faisait actuellement, il le lui demanderait, il en découvrirait plus sur elle.

Néanmoins, il ne pouvait empêcher ses mains de parcourir les courbes de sa poitrine, les moulant dans ses grandes paumes. Eh oui, il avait de grandes paumes, mais ses seins plus que généreux les remplissaient. Il *adorait* ça. Il aimait glisser son membre entre eux, dans la douche de l'hôtel, quand il baisait sa poitrine et qu'elle baissait la tête pour sucer l'extrémité de sa verge. C'était toujours si torride, et c'était elle qui initiait généralement cet acte, puisqu'elle aimait ça, aussi. Puis, il suçoterait et mordillerait ses tétons jusqu'à ce qu'elle jouisse sans même qu'il touche son membre. Il avait entendu dire que c'était difficile à faire avec les femmes ayant des seins généreux, car, apparemment, leurs tétons n'étaient pas aussi sensibles qu'à l'ordinaire, mais c'était faux, pour Olivia.

Il grogna en se souvenant de ce qu'il s'était passé deux mois plus tôt, quand il avait baisé ses seins pour la dernière fois. Il avait joui sur sa peau, le liquide perlé coulant entre ses seins et sur ses tétons jusqu'à ce qu'il soit épuisé. Il l'avait alors lavé entièrement, la faisant jouir à nouveau avec ses mains et sa bouche.

Ils avaient tous les deux été éreintés à la fin et s'étaient blottis ensemble sur le lit, pour se réveiller quelques heures plus tard et refaire l'amour.

Tous les deux, ils s'étaient séparés, leur seule promesse était qu'il n'y en aurait justement aucune avant le mois suivant.

Les choses avaient changé, cette dernière fois, et

alors qu'il l'embrassait à ce moment-là, roulant des hanches contre elle, il sut que la situation était encore différente. Simplement, il ne savait pas ce qu'ils allaient faire, à ce propos. C'était la raison pour laquelle ils devaient parler. Celle pour laquelle il devait arracher sa bouche et la sienne, et enlever ses mains de son corps pour *l'écouter*.

Il devait arrêter d'être un salaud si égoïste.

Alors il s'éloigna, respirant lourdement avec elle quand il posait son front contre le sien.

— C'est... on a toujours été doué pour ça.

Elle sembla se recroqueviller sur elle-même en entendant ses mots, et il se pencha en arrière, craignant de lui avoir fait mal.

— Olivia ? J'ai fait quelque chose qu'il ne fallait pas ? Qu'est-ce qui ne va pas ?

Elle secoua la tête.

— Non, tu n'as rien fait. Mais il faut que je te parle. Il le faut vraiment, vraiment avant que tu m'embrasses encore et que je te laisse faire.

L'inquiétude grandit dans sa colonne vertébrale, et il s'apprêtait à dire qu'ils devraient aller dans le salon pour s'asseoir afin qu'elle lui raconte ce qui la poussait à avoir cet air-là, mais son téléphone vibra sur un rythme reconnaissable et il jura.

— Merde, je suis désolé, c'est ma mère. Je ne peux pas la laisser tomber sur le répondeur.

Il avait ses raisons, mais elles étaient bien trop compliquées pour les expliquer tout de suite à Olivia.

Elle sembla pâlir encore davantage avant de hocher sèchement la tête quand il décrocha.

— Maman ?

— Il faut que tu rentres à la maison.

Sa voix n'était qu'un grognement creux, et il savait qu'il n'avait pas beaucoup de temps pour l'atteindre. Il n'en avait jamais.

— J'arrive aussi vite que possible. Allonge-toi. D'accord ?

Elle ne répondit pas, mais elle ne le faisait jamais. Pas depuis... eh bien, pas depuis que leur monde avait changé et que Derek perde ce qu'il avait cru être son avenir. Il raccrocha et remit son téléphone dans sa poche.

— Je dois y aller. Ma mère a besoin de moi.

Il secoua la tête face au regard d'Olivia.

— Je t'expliquerai, un jour.

Il l'espérait. Peut-être.

— Je comprends.

Et pour une raison quelconque, il pensait que c'était effectivement le cas, mais il ignorait comment c'était possible.

— Il y a juste… quelque chose que je dois te dire.

Il l'embrassa encore passionnément, une dernière fois.

— D'accord.

Elle soupira de soulagement.

— Le mois prochain, ajouta-t-il.

Lorsqu'elle se raidit à nouveau, il avait espéré faire ce qu'il fallait.

Mais alors qu'il sortait de la maison et revenait à la réalité, le destin décida de lui offrir un jour ensoleillé qui changerait tout. Il savait qu'il devait comprendre exactement ce qu'il voulait de la part d'Olivia, et pour lui-même aussi.

Parce qu'elle était différente, ça, il le savait. La garder loin de lui pendant si longtemps n'avait pas été sage, ni pour l'un ni pour l'autre, mais peut-être que c'était ce dont ils avaient eu besoin. Désormais, peut-être qu'ils avaient besoin de plus.

Il ne le savait pas avec certitude, mais il se promit que la prochaine fois qu'il la verra, il saurait exactement ce qu'il voulait et il s'assurerait de ne jamais lui faire du mal. Il avait vu assez de douleur pour toute une vie, et il ne souhaitait jamais plus la provoquer.

Plus jamais.

CHAPITRE CINQ

OLIVIA SAVAIT qu'elle commettait une erreur, mais elle s'y était habituée. Après tout, elle ne pouvait pas vraiment s'en empêcher quand il s'agissait de Derek et c'était quelque chose qui devait changer, elle en était consciente.

Allait-elle le retrouver dans une semaine ? Elle l'ignorait, mais une part d'elle comprenait qu'elle n'avait pas le choix. Même si elle ne le touchait pas, même si elle ne s'autorisait pas à céder, elle devrait tout de même lui avouer la vérité. Elle aurait déjà dû le faire quand il était venu chez elle la semaine précédente, mais elle n'avait pas les idées claires. Elle avait été choquée de le revoir, d'apprendre qu'ils avaient un autre lien qu'elle ignorait. Elle avait donc perdu les mots qu'elle avait voulu lui dire.

Et cela faisait d'elle une personne horrible.

Elle avait même évité Austin et Sierra, dernièrement, se disant qu'elle devait travailler et donc se cacher à l'intérieur. Elle commandait ses courses et d'autres choses pour la maison afin de ne prendre aucun risque de les croiser et de leur dire ce qu'elle avait fait. Les connexions étaient trop évidentes désormais. L'amitié qu'elle avait avec eux s'effilochait sur les bords maintenant qu'elle était consciente que les Montgomery faisaient partie du monde de Derek.

Ce dernier allait la détester encore davantage, mais elle ne pouvait rien y faire. Elle avait couché dans un lit avec Derek, et elle allait devoir y dormir jusqu'à la fin de ses jours, sachant ce qu'elle avait fait.

Et parce qu'elle savait qu'elle allait exploser si elle n'agissait pas rapidement, elle prit son portable et appela Alice. Son amie et auteure était celle qui la contactait généralement, Olivia passait rarement des appels. Mais aux grands maux, les grands remèdes... et les coups de téléphone. En fait, chaque fois qu'Alice appelait, Olivia était capable de la débarrasser de ce qui la turlupinait. Cette femme la connaissait si bien que les appels tombaient toujours au moment où elle en avait besoin. En revanche, aujourd'hui, elle ne pouvait attendre son amie.

— Qu'est-ce qui ne va pas ?

Alice ne retenait pas ses coups et, apparemment, elle savait qu'il devait se passer quelque chose pour qu'Olivia soit celle qui appelle.

— Rien.

Olivia soupira.

— D'accord, c'est un mensonge. Il faut que je parle à quelqu'un de tout ce qui est en train de se passer, mais c'est une longue histoire, et j'ai l'impression que je fais une montagne de pas grand-chose ou que je ne le prends pas suffisamment au sérieux. J'ai besoin d'aide, Alice.

— Parle-moi.

L'écrivaine vivait à l'autre bout du pays, donc ce n'était pas comme si elle pouvait venir en un claquement de doigts ou boire un verre avec Olivia comme celle-ci aurait pu le vouloir si elle avait eu un groupe d'amis en ville. Son travail signifiait qu'elle était toujours connectée et qu'elle se faisait des amis véritables qui étaient plus proches de certaines connaissances de sa vraie vie. Cependant, cela signifiait aussi que les réunions qui n'avaient rien à voir avec le travail n'arrivaient pas souvent. Appeler Alice à l'autre bout du pays était l'une des seules façons qu'avait Olivia d'avoir une amie dans sa vie pour lui prodiguer des conseils. Cela l'attristait un peu, mais c'était sa vie, actuellement, et elle pouvait s'y faire.

Enfin, à condition de découvrir quoi faire à propos de Derek, bien sûr.

— Tu te souviens de ce dont je ne pouvais pas parler avant ?

— Oui. Tu es prête maintenant ?

— Je crois l'être. Mais si tu bosses...

— Je bosse tout le temps. Comme toi. Mais je suis là pour toi. Parle, Olivia. Qu'est-ce qui ne va pas ?

Et c'était ce qu'elle aimait chez son amie. Elle travaillait toutes les deux beaucoup trop pour que ce soit sain, mais le mari d'Alice soutenait le temps qu'elle engageait dans sa carrière qui faisait partie de leurs vies à toutes les deux. Olivia ne devait s'inquiéter que d'elles-mêmes et de ses délais.

Et cela semblait suffisant pour elle. Ou du moins, cela l'avait été.

— J'ai rencontré un homme.

— Oh ?

— Je... enfin, j'ai rencontré cet homme, Derek, il y a quatre ans.

Olivia se pinça l'arête du nez. Elle n'arrivait pas à croire que cela faisait quatre ans qu'elle avait vu pour la première fois l'homme qui allait changer sa vie, même si elle ne s'en était pas rendu compte à ce moment.

— Derek ? J'aime bien ce nom. Digne d'un héros.

— On pourrait le dire. Seulement, je ne savais pas qu'il s'appelait Derek jusqu'à il y a un peu moins d'un mois.

Elle marqua une pause quand Alice devint silencieuse. Elle se tut si longtemps que cela ne lui ressemblait pas et Olivia craignait de l'avoir choquée.

— Alice ?

— J'attends la suite. Tu viens juste de découvrir son nom ? C'est intéressant. Maintenant, raconte-moi. Tout. D'accord ? Laisse tout sortir et je te promets de ne pas juger. Mais j'ai l'impression que tu tournes autour du problème principal parce que tu as peur et que tu ne sais pas quoi faire des morceaux que tu as. Je suis auteure. Tu es mon éditrice. Généralement, c'est moi qui te donne les pièces et tu m'aides à les arranger. Et si on échangeait pour une fois ?

C'était la raison pour laquelle elle avait appelé Alice. Son amie la comprenait, même si Olivia ne se comprenait pas elle-même.

— J'ai rencontré Derek dans un hôtel il y a quatre

ans. Je venais d'avoir un rendez-vous à l'aveugle qui s'est terminé en dix minutes quand j'ai découvert que le gars était marié. Que je sois dans un rendez-vous à l'aveugle dans un hôtel quatre étoiles m'a l'air un peu obséquieux, maintenant, mais curieusement, je n'ai pas trouvé ça bizarre à l'époque. La femme qui avait arrangé ça, une amie qui n'en est plus une, avait cru que le divorce était finalisé. Ce n'était pas le cas. Donc je suis allée au bar après avoir jeté mon martini au visage du mec. J'avais besoin d'un deuxième verre au point où j'en étais et je voulais un peu de paix pour essayer d'oublier les hommes et leurs manières horribles, pour juste exister avant de rentrer chez moi.

— Salaud.

— Effectivement. Je ne sais pas si le type est encore marié ou non, mais ça n'a pas d'importance, de toute façon. Il est sorti de ma vie, et j'espère que sa femme va bien parce qu'il est vraiment con. Où en étais-je ? Oh, oui, donc j'étais au bar, et un homme en jean sombre, en tee-shirt bleu et avec une barbe sexy est venu vers moi et a pris le dernier tabouret devant le bar. Il avait les épaules larges, il était super canon, et il avait une voix profonde qui m'atteignait là où il le fallait.

Alice eut un rire creux et Olivia se rendit compte des détails qu'elle venait de donner. Visiblement, c'était ce que Derek provoquait même quand il n'était pas près d'elle.

— Pendant un moment, on n'a pas parlé jusqu'à ce qu'il se tourne et sourie.

Elle marqua une pause, se rappelant à quel point son cœur était douloureux. Elle aimait ce sourire. Elle aimait qu'il soit honnête. Elle ne pourrait plus jamais le revoir.

— Je ne me souviens pas de ce qu'on a dit la première fois. Mais on a discuté pendant plus d'une heure et on a bu plus qu'un verre. Il a dit qu'il était en visite dans la ville, même si je ne lui ai pas demandé d'où il venait.

Elle se disait désormais qu'il était probablement à l'hôtel, à cause des voyages qu'il effectuait pour son travail, mais elle n'en était pas sûre. Elle ne lui avait pas demandé et avait peur de ne jamais pouvoir le faire. Même si maintenant qu'elle y pensait, il y avait effectivement eu une convention du tatouage non loin, donc peut-être qu'il était resté pour ça et pas simplement pour le salon.

— Curieusement, on a fini dans sa chambre d'hôtel.

— Bon sang, meuf.

— Je sais. Ça ne me ressemblait tellement pas. Ça ne me ressemble toujours pas. Et quand on a fini, il a dit qu'il voulait me revoir, mais qu'il ne pouvait pas avant de revenir en ville. Donc on s'est promis de se revoir le mois suivant. À la même heure. Au même endroit. On s'est fait cette promesse de ne pas donner nos noms. On a juste juré de s'envoyer en l'air et on a fixé une heure. On a continué pendant quatre ans sans rater un seul mois. Je n'arrive pas à croire que ça se soit poursuivi aussi longtemps sans qu'on en apprenne plus l'un sur l'autre, mais on l'a fait. Et maintenant... maintenant, c'est fou.

— Tu l'as appelé Derek. Donc tu dois connaître son nom.

— Il m'a demandé de l'appeler par son prénom, la dernière fois.

Elle marqua une pause.

— Et c'est comme ça que je me suis rendu compte que je le connaissais.

Alice attendit avant de répondre.

— Tu le connais ? Bien sûr que oui. Tu couches avec lui depuis quatre ans. Je ne te juge pas. Tu sais que je ne le ferais pas, parce que ce que tu as fait est super torride et je sais que tu es prudente, sinon tu ne serais pas Olivia, donc il doit y avoir une histoire cachée.

— Je le connais depuis que je suis jeune. Beaucoup plus jeune. Je ne m'étais pas rendu compte que c'était lui à cause de sa barbe et, honnêtement, je n'aurais jamais cru revoir le Derek que je connaissais. Mais lui, il ne me reconnaît pas. Je ne sais pas comment il le pourrait. Ça fait si longtemps.

— Et ça signifie que tu ne peux pas le revoir ? Parce que, vu la façon dont tu en parles, j'ai le sentiment que tu veux fuir ce que vous pourriez avoir et que tu veux lui échapper.

Alice la connaissait bien trop.

— Il y a des choses... il y a des choses que je dois lui dire avant de le raconter à quiconque. Des raisons pour lesquelles je n'aurais jamais dû être avec lui. Pour lesquelles je ne peux pas être avec lui à nouveau. Je vais lui dire. Je le dois. Mais je ne sais simplement pas comment le faire.

Puis elle raconta à Alice que Derek connaissait son voisin, qu'il était venu et que tout semblait se briser autour d'elle. Elle causait sa propre perte et elle devait découvrir quelle serait la prochaine étape.

— Bon sang, ma fille. Tu as du pain sur la planche. Tu ressembles à un personnage sur lequel j'écrirais. Et tu sais quelle serait la prochaine page ?

— Non, je suis l'éditrice, pas l'auteur.

— Tu es l'héroïne, Olivia. Sois héroïque. Affirme-toi. Va le voir, le jour où tu es censé le retrouver, et dis-lui ce que tu dois lui dire. Peut-être que ça ne le dérangera pas, peu importe ce que c'est. Peut-être que ça le dérangera. Mais tu te dois de lui avouer et tu arrangeras probablement la situation. Dis-lui. Débarrasse-toi de ce poids, et tu finiras peut-être avec le bonheur que je sais que tu as toujours voulu.

Les larmes coulent sur les joues d'Olivia et elle les essuie rapidement.

— Je ne sais pas ce que je vais faire. J'ai le sentiment que j'ai tellement de fardeaux sur le cœur, tellement de pression, et pourtant ce n'est pas si important dans le grand schéma de la vie. En fait, ça finira plutôt par détruire le monde de quelqu'un.

Seulement le sien, et peut-être celui de Derek.

— Je ne devrais pas éprouver ça. Je ne devrais pas avoir l'impression que tout me tombe dessus.

— Tu as le droit de ressentir ça. Ce n'est pas parce que cela ne représente qu'une infime partie de ta vie et à présent celle de Derek que ce n'est pas important. Si cela t'affecte, alors c'est capital. Tu as le droit de t'attarder sur ce sujet. Maintenant, va prendre un bain, lis un livre qui n'a rien à voir avec le travail et pense à ce que tu vas porter ce soir-là. Et,

Olivia ? J'ai envie d'avoir plus de détails, quand tu seras prête. Je t'aime, ma chérie. Et je veux te remercier de me faire suffisamment confiance pour me raconter ça.

Olivia chuchota son amour et raccrocha, se demandant ce qu'elle allait faire ensuite. Elle détestait ne pas se sentir dans son assiette et s'interroger sur les décisions qu'elle prenait. Elle avait fait le mauvais choix, des années plus tôt et désormais, elle devait affronter ça une nouvelle fois.

Peut-être qu'elle irait prendre un bain et laisserait son esprit divaguer sur un livre plutôt que sur l'homme qui s'insinuait dans ses rêves chaque nuit. Ou peut-être qu'elle s'éterniserait encore sur sa réflexion et voudrait rester dans sa baignoire jusqu'à ce qu'elle soit glacée, ses pensées s'enroulant autour d'elle jusqu'à l'étouffer.

Avec un soupir agacé en sentant ses pensées et ses sentiments la traverser, elle alla dans la salle de bain et commença à faire couleur l'eau. Elle choisirait un livre audio, plongerait et essaierait peut-être d'assembler les morceaux de sa vie, parce qu'elle devait prendre une décision, bon sang. Il était temps qu'elle avoue à Derek qu'elle le connaissait avant leur rencontre, quatre ans auparavant, et comment, exactement, leurs chemins s'étaient croisés. Il la détesterait, mais après tout, elle ne pouvait lui en vouloir.

Quand elle eut pris son verre de vin et lancé son livre audio, la baignoire était remplie. Elle se glissa dans l'eau trop chaude, sachant qu'elle refroidirait rapidement. Elle n'avait pas enclenché les jets massants, mais elle pouvait au moins rester là une heure ou deux, et sa baignoire était assez grande pour couvrir à la fois ses genoux et ses seins. C'était la meilleure qu'on pouvait avoir sans avoir à dépenser des sommes folles pour quelque chose de chic, et c'était à *elle*. Ça comptait.

Les paupières fermées, elle tenta de profiter uniquement du moment et d'écouter son livre. Néanmoins, essayer de ne pas s'inquiéter de ce qu'elle devait dire à Derek et comment le tourner n'était pas facile. Elle tenta tout de même.

Elle laissa la chaleur réchauffer sa peau, la romance dans ses haut-parleurs emplir ses songes, et quand elle arriva sur une partie particulièrement torride, elle glissa sa main hors de l'eau, la sécha du mieux possible, et mit le livre sur pause puisqu'elle ne pouvait alors penser qu'à Derek et à ses belles mains à ce moment. Il ne méritait pas qu'elle pense à lui quand elle se sentait ainsi, douloureuse et chaude, pas jusqu'à ce qu'elle sache la vérité. Oui, elle s'était fait jouir à d'innombrables reprises auparavant, tout en pensant à lui, mais c'était lorsqu'il n'était que D, pas Derek.

Son Derek.

Non, il n'était pas Derek. Il ne l'avait pas été et il ne le serait jamais. Et plus tôt elle se mettait ça en tête, mieux ce serait.

En soupirant, elle sortit de la baignoire, sachant que c'était inutile de poursuivre. Elle allait juste s'allonger, à penser à ce qu'elle ne pouvait changer, et se sentirait comme une véritable idiote. Elle laissa l'eau maintenant refroidie sécher sur son corps et attrapa son téléphone. Il se faisait tard, il valait sûrement mieux qu'elle se mette au lit avec un livre puisqu'elle en avait encore un en cours sur sa tablette et un sur son application de livre audio. C'était une lectrice. Elle ne pouvait s'empêcher de s'entourer constamment de bouquins.

Et parce qu'elle n'avait pas dormi plus de quelques heures cette dernière semaine, elle s'assoupit avec la tablette sur sa poitrine et les lumières toujours allumées. Elle n'avait même pas effectué sa routine du coucher, mais le sommeil avait pris le dessus.

Tous comme les cauchemars.

Elle en avait de temps en temps et savait qu'elle

ne pourrait s'en empêcher. Ils la frappaient toujours avec force quand ils arrivaient. Quelquefois, elle retournait dans son corps plus jeune, regardant le monde tourner sur son axe sans qu'elle puisse modifier ses actes. À d'autres moments, elle était elle-même, dans son corps d'adulte, regardant deux jeunes filles jouer au soleil, riant et souriant. Puis les ombres arrivaient et il n'y avait plus de rires, plus de sourires.

Seulement des cris.

De l'agonie.

Du néant.

Comme les autres fois où elle avait eu ces cauchemars, Olivia se rassit sur son lit, son corps trempé de transpiration, la tablette s'écrasant par terre et les cris déchirant sa gorge suffisamment forts pour que quiconque éveillé près d'elle puisse l'entendre.

Mais il n'y avait personne près d'elle.

Il n'y avait jamais eu personne.

Parce qu'elle était seule. Comme elle devait l'être. Comme elle devrait toujours l'être.

Et la semaine d'après, lorsqu'elle reverrait Derek, elle lui parlerait de ses songes et lui expliquerait tout. Il méritait de connaître la vérité, de savoir que la femme qu'il avait tenue dans ses bras pendant tout ce temps n'était pas celle qu'il pensait.

Après tout, il n'était pas non plus qui elle croyait.

Il était tellement plus... et cela signifiait que cela devait se terminer.

Inévitablement.

CHAPITRE SIX

ENCORE QUELQUES LIGNES d'encre et quelques soins et Derek en aurait fini pour aujourd'hui. Du moins, c'était ce qu'il se disait pendant cette journée incroyablement longue qui ne semblait pas vouloir s'achever. Il aimait peut-être ce boulot, mais aujourd'hui, il ne voulait rien de plus que de rentrer chez lui et de taper dans quelque chose pour se débarrasser de l'énergie crue qui tourbillonnait en lui.

Demain, il verrait Olivia.

Si elle venait.

Et il n'arrivait pas à penser à quoi que ce soit d'autre.

Bon sang.

Et même s'il voulait la voir parce qu'il la désirait,

il savait qu'il y avait bien plus dans cette histoire. Il souhaitait en apprendre plus sur elle, voir si peut-être il tenterait sa chance afin qu'elle fasse partie de sa vie. Elle vivait si proche de lui. Au début, il avait cru que peut-être, elle habitait hors de la ville, comme lui, mais maintenant qu'il savait qu'ils étaient si proches l'un de l'autre et qu'ils avaient quelques amis en commun, il se disait que peut-être, cela signifiait quelque chose.

Il avait passé la plus grande partie de sa vie à aider les autres avec leurs problèmes, mais maintenant, il devait s'occuper de son propre cas. Parce que ce temps consacré à aider les autres voulait surtout dire qu'il se chargeait de sa mère. Elle n'était plus la même depuis que sa sœur, Stacey, était morte. Bon sang, *lui-même*, il n'avait plus été le même et il n'était pas sûr de pouvoir redevenir comme avant. Néanmoins, sa mère s'était complètement brisée.

Et bien qu'il ait été incapable de recoller les morceaux, il avait fait de son mieux, peu en importait le coût. Puis, il avait aidé ses amis de la boutique à naviguer dans leurs relations, comme s'il avait une quelconque idée de comment se lier de cette façon avec une autre personne. Avant Olivia, il avait eu des liaisons à court terme avec des femmes, mais jamais rien de concret. Il ne s'était jamais autorisé à atteindre ce point. Il devait être là pour sa mère et, bon sang, s'il se montrait honnête, il ne voulait pas s'ouvrir à quelqu'un au point de finir par perdre une part de lui-même. Il avait déjà fait ça quand il avait été assez vieux pour comprendre ce qu'était l'amour et il ne prévoyait pas de recommencer.

Mais Olivia ? Quelque chose en elle l'appelait.

Bon sang, il s'était menti pendant quatre ans s'il avait cru que la voir une nuit par mois était suffisant parce qu'ils étaient doués au lit, ensemble. Quelque chose en elle l'attirait et il voulait en savoir plus sur ce dont il s'agissait. Il était resté loin de tout ce qui pouvait lui faire du mal pendant si longtemps qu'il craignait de passer à côté d'une chose vraiment capitale.

Il espérait simplement qu'elle ne fuirait pas encore comme la fois précédente.

Ou qu'elle se pointerait, déjà.

Oui, il savait où elle vivait, il pouvait rapidement obtenir ses coordonnées, mais il ne le ferait pas. Ce n'était pas leur marché et il avait déjà manqué à sa parole avant, en se rendant chez Austin. Il n'allait pas se transformer en harceleur flippant qui imposait sa présence. Si elle voulait de lui, elle le demanderait et il serait là.

Sinon ?

Eh bien, ce serait vraiment nul et il devrait découvrir quoi faire ensuite.

Il devait se sortir cela de la tête avant de se remettre au travail. Son client l'attendait à son poste et Derek était resté planté dans le bureau du fond, avec son carnet à croquis à la main, pendant une dizaine de minutes. S'il ne faisait pas attention, il allait gâcher un tatouage et ce n'était pas le genre de choses qu'il faisait. Jamais.

Bon sang, ce n'était même pas autorisé à *Montgomery Ink*.

Austin le tabasserait.

Et Maya le hacherait en morceaux, juste après.

D'accord, tous les deux, ils ne se montreraient pas vraiment violents, mais il se ferait crier dessus ou pire, il se ferait virer parce qu'il pensait à Olivia et non à son travail. Il ne tenterait pas le diable.

Alors qu'il sortait du bureau, Austin se trouvait juste là, avec un sourcil haussé et sa bouche pincée sous son immense barbe.

— Tu vas bien ? demanda son patron.

Il croisait les bras sur son torse et s'appuyait contre le mur. De l'autre côté, ils avaient une pièce privée pour les piercings et les clients qui souhaitaient un peu d'intimité. Maya y était avec un client qui se faisait tatouer toute la cuisse, donc Derek était ravi que ce soit Austin devant lui et non sa sœur.

Comme tout individu sain d'esprit, il avait légèrement peur de Maya Montgomery-Gallagher.

— Je vais bien. J'avais juste besoin de m'éclaircir les idées. Jason m'attend toujours ?

Austin acquiesça.

— Le mec a son livre et rêvasse. Tu ne prends généralement pas de longues pauses comme nous, qui en avons besoin pour nos dos vieillissants, donc qu'est-ce qu'il se passe vraiment dans ta tête ?

Derek secoua la tête.

— Laisse-moi d'abord finir le dessin de Jason.

— Tu me diras exactement ce qui ne va pas ? Parce qu'on n'aime pas te voir ainsi. Je ne t'ai pas demandé ce qu'il s'était passé quand tu es allé chez Olivia et j'ai toujours l'impression d'avoir franchi un genre de limite. C'est notre amie, aussi, et d'après ce que j'ai vu, elle n'en a pas beaucoup.

Derek marmonna un juron et acquiesça.

— Oui, je comprends. Et je ne sais pas ce qu'il se passe entre nous, mais avec un peu de chance, je la verrai demain.

Austin plissa les yeux.

— Ça fait un mois ?

— J'espère sérieusement qu'elle se pointera.

Austin tendit la main, s'agrippa à l'épaule de Derek et la serra fermement.

— Si le destin le veut, elle le fera. Elle est discrète, parfois, mais elle a un bon sens de l'humour et elle est vive d'esprit. Tout comme toi. Je vous vois bien tous les deux, donc j'espère que ça va fonctionner. Mais ne lui fais pas de mal, d'accord ? Parce que dans ce cas-là, ce ne sera pas Maya et moi qui te botterons le cul.

Derek grimaça.

— Sierra ?

— Ma femme tente de faire entrer Olivia dans le club des filles Montgomery depuis plus d'un an, maintenant, et je suis presque sûre qu'elle n'acceptera plus de réponse négative. Et une fois qu'Olivia fera partie du cœur du groupe ? Eh bien, tu les auras toutes aux fesses. Et Sierra peut détruire un homme si elle le doit. Crois-moi.

Derek soupira, acquiesçant.

— Compris. Je ne vais pas faire de mal à Olivia.

— Alors, assure-toi de savoir exactement ce que tu veux quand tu la reverras. Parce qu'elle le mérite. Compris ?

— Compris, marmonna-t-il.

Il lui donna ensuite un coup d'épaule pour passer et se concentrer sur son travail plutôt que sur sa vie amoureuse. Sa vie amoureuse ? Bon sang, l'aimait-il ? Non, il ne pensait pas que c'était possible, pas quand il n'en savait pas assez sur elle pour avoir ce genre d'opinion. Mais il l'aimait bien. Il l'aimait beaucoup. Et pas seulement à cause de leur alchimie au lit. Il souhaitait en savoir plus sur elle, sur ce qu'ils pouvaient être.

Et peut-être que c'était une réponse en elle-même.

Il ne voulait pas être celui qui fuirait, et cela signifiait qu'il espérait également qu'elle ne fuirait pas.

Lorsqu'il rentra chez lui, il était toujours à cran, mais au moins, il n'avait pas besoin de partir à la cave pour se défouler sur son sac de frappe. Il avait éliminé une grande partie du stress de son système en faisant simplement son travail et en faisant en sorte que le produit final sur la peau de Jason n'ait aucun défaut. C'était leur troisième séance sur un dessin complet de l'épaule et du bras droit. Ils se retrouveraient un mois plus tard pour être sûrs que tous les angles étaient parfaits, une fois que le gonflement aurait disparu, mais Jason et lui étaient déjà tous les deux heureux des résultats.

Bien sûr, l'idée de revoir son client dans un mois ne lui fit penser qu'à Olivia, qu'il devrait voir demain, et le mois suivant et celui d'après. Seulement, Derek ne pensait pas qu'il pouvait encore attendre un mois entre chaque visite. Il voulait la connaître, il souhaitait qu'elle fasse partie de sa vie, et cela signifiait qu'il devait la voir plus que quelques heures quand la lune était haute dans le ciel.

Ce serait un grand changement par rapport à ce qu'ils avaient désiré, mais c'était ce qui se produisait dans les relations. Les choses progressaient. La leur ne l'avait pas fait pendant si longtemps, parce qu'ils avaient certainement établi leurs propres règles. Mais si leur charte avait été merdique, dès le début ? Selon lui, il ne l'avait mise en place que pour garder leurs distances, et pas seulement pour l'amusement qu'ils pensaient vivre ensemble.

Il savait pourquoi il la gardait loin d'elle et cela était en rapport avec sa propre protection. Mais elle, pourquoi l'éloignait-elle ? Et qu'avait-elle besoin de lui dire ? Elle avait été si mystérieuse et visiblement si inquiète. Puisqu'il s'était comporté en salaud et l'avait embrassé au lieu de l'écouter, il n'avait pas pu entendre ce qu'elle avait eu à avouer. C'était sa faute, il le savait, mais il l'écouterait, il entendrait ce qu'elle avait à raconter, demain soir.

Derek laissa échapper un grognement, rien qu'en pensant à elle, et tout cet excès d'énergie revint vers lui dans une vague écrasante. Néanmoins, au lieu de la colère, il ressentit quelque chose directement dans son sexe et il savait que s'il ne se soulageait pas, il aurait l'impression que son membre exploserait.

Étant donné qu'il était seul et n'avait pas d'autres plans à part s'asseoir et se lamenter sur Olivia, il leva ses fesses du canapé, défit son jean pour le baisser délicatement et serra la base de sa verge.

Il gigota légèrement pour la tenir encore mieux, puis il remonta lentement la main et la redescendit. Il n'avait pas de lotion ou de lubrifiant à portée de main, donc il cracha dans ses doigts pour les aider à glisser plus facilement. Il posa ensuite la tête sur le canapé, effleurant modérément et méthodiquement son membre. Il s'autorisa à imaginer Olivia en train de lui faire la même chose, les yeux sur lui, écarquillés et sombres alors qu'elle le prenait en main, doucement au début avant de le serrer fermement et de caresser ses testicules. En y pensant, il accéléra le rythme en s'imaginant lui baisant les seins, puis se penchant en arrière pendant qu'elle léchait et suçait son sexe. Elle était si douée avec ses mains et sa langue. D'habitude, c'était lui qui avait le contrôle, au lit, même quand elle lui faisait une fellation, mais parfois, elle prenait tout en charge, et s'il était honnête avec lui-même, il savait que même lorsqu'il la guidait, c'était elle qui avait toujours le pouvoir.

Et il adorait ça.

Avec cette pensée et l'image d'elle en train de le prendre dans sa bouche mouillée, il jouit dans sa main dans un élan humide et fit de son mieux pour que la semence tombe sur son tee-shirt plutôt que sur le sol de son salon, comme un sauvage. Heureusement, il visait bien, même quand il se perdait dans les pensées d'Olivia.

Tandis que la réalité commençait à lui retomber dessus, il roula son tee-shirt et l'enleva, faisant de son mieux pour ne pas étaler sa jouissance partout. Il était seul, chez lui, à se masturber sur son canapé en imaginant la femme qu'il voulait dans sa vie alors qu'il était presque certain qu'elle voulait le fuir à nouveau.

Il avait officiellement touché le fond.

Lorsqu'il eut mis son haut dans la machine à laver, avec son jean et le reste des vêtements du panier à linge, il alla se doucher, furieux contre lui-même. Il enfila son short de sport, ne prenant pas la peine de mettre des sous-vêtements puisqu'il ne prévoyait pas d'aller où que ce soit. Il entra dans la cuisine pour boire une bière. Ce fut à ce moment-là que son téléphone vibra à nouveau sur un rythme reconnaissable. Il grinça des dents, sachant que cet appel n'aurait rien de bon. Aucun ne l'avait été, dernièrement, mais il ne pouvait rien faire à part écouter et être un bon fils.

Sa mère avait toujours aimé Stacey plus qu'elle ne l'aimait lui. C'était un fait qu'il ne s'était jamais sorti de la tête, mais il avait appris à vivre avec depuis un long moment.

— Maman.

— Je me déteste.

Nom de Dieu. Il se haïssait aussi, parce que tout ce qu'il avait envie de faire, c'était de raccrocher et essayer de la pousser à obtenir de l'aide. Seulement, elle ne le ferait pas et il était tout ce qui lui restait, donc il ne lui ferait jamais ça, même si cela prenait chaque once de son âme à chaque jour qui passait et à chaque coup de fil.

Mais c'était sa mère et il allait faire de son mieux avec elle, même si ce n'était pas suffisant.

Était-ce étonnant qu'il ait eu envie de se protéger de quiconque pouvait se rapprocher de lui pendant très longtemps ? Il avait déjà assez de travail comme ça.

— Maman.

Il essayait de garder une voix patiente. Il l'était

toujours tellement avec elle. Il aimait sa mère et continuerait jusqu'à la fin de ses jours, peut-être même encore plus, pourtant elle prenait chaque infime partie de son énergie, parfois.

Elle méritait pourtant tellement plus et c'était quelque chose dont il devait se souvenir.

Elle avait traversé l'enfer et en était revenue, en sang et brisée, seulement pour être abattue une nouvelle fois au départ de son père.

Il ne lui restait que Derek et pourtant, il avait l'impression que ce n'était pas suffisant. Il ne pouvait pas s'en vouloir pour ça. Elle avait essayé pendant si longtemps et maintenant, elle était juste qui elle était. L'ombre de son existence précédente, ressemblant à peine à celle qui coupait en forme de cœur ou autre symbole les sandwichs de Derek et de Stacey et qui mangeait les reste puisqu'elle détestait gâcher de la nourriture.

— Derek. Je suis fatiguée.

Il s'appuya contre le plan de travail, s'autorisant un moment avant d'aller s'habiller et d'attraper ses clés. Il allait toujours la voir quand elle avait besoin de lui, et à chaque fête ou anniversaire (de naissance ou de mort), elle était dans un état encore pire. Ils étaient à quelques mois du prochain déclencheur, mais elle avait tout de même une mauvaise journée.

C'était évident. Il détestait qu'elle vive ça et savait que peu importait à quel point il essayait de l'atteindre, l'aide qu'il tentait de lui *offrir*, ce ne serait peut-être jamais assez.

— Je sais, maman. Je sais. Que puis-je faire ?

— Rien. Tu ne peux rien faire. Je hais cette situation, Derek. Pourquoi je ne peux pas redevenir comme je le veux ? Pourquoi tout cela devait-il changer ?

— Je suis désolé, maman. Il n'y a rien que je puisse dire pour arranger tout ça. Rien de ce que je dis n'arrange les choses. Mais je suis là. Et si tu as besoin de moi, je viens m'asseoir à tes côtés.

Elle soupira longuement, ce qui frappa directement Derek au cœur.

— Je suis désolée d'avoir appelé. Je n'ai pas besoin de toi. J'ai juste besoin de ma famille.

Il était de sa famille également, mais il ne le dit pas. Au lieu de ça, il écouta en silence pendant quelques instants avant qu'elle lui raccroche au nez. Puis il prit son téléphone dans sa chambre et enfila un jean ainsi qu'un tee-shirt propre. Il transféra vite ses vêtements de la machine à laver jusqu'au sèche-linge, puisqu'il avait utilisé le cycle rapide, puis il attrapa ses clés et se dirigea vers sa voiture.

Il allait juste s'asseoir avec sa mère et l'écouterait.

Elle n'aurait probablement rien à lui dire, mais après tout, c'était rarement le cas. Il serait tout de même là pour elle, comme toujours. Il détestait qu'elle souffre encore à cause de certaines choses qui était hors de leur contrôle à tous les deux, mais il essaierait de l'aider, maintenant.

Il avait été incapable de protéger sa sœur quand cela avait le plus compté. Il n'avait pas été assez bien pour son père lorsque les choses étaient devenues trop difficiles et que les quitter avait semblé être le choix le plus facile. Derek serait maudit s'il abandonnait sa mère quand elle était au plus bas.

Alors même qu'il se glissait dans sa voiture et dévalait les routes familières jusqu'à la maison de sa mère, différente de celle dans laquelle il avait grandi puisque tout cela avait été trop écrasant pour tout le monde, le visage d'Olivia apparut dans son esprit.

Demain soir, ils étaient censés se retrouver. Il prendrait un risque à ce moment. Et pourtant, cela semblait bien plus compliqué quand son passé continuait de lui revenir en pleine tête pour le frapper violemment, chaque fois que sa mère l'appelait.

La vie n'était jamais facile, mais vivre après une mort, quand on n'arrivait pas à passer à autre chose, était plus difficile qu'il ne l'aurait jamais cru possible.

CHAPITRE SEPT

UNE SEMAINE s'était écoulée et Olivia n'avait toujours pas repris son souffle. Pourquoi avait-elle attendu de se rendre à l'hôtel pour le revoir ? Elle aurait dû être l'adulte de la situation et aller demander le numéro de Derek à Austin et Sierra. Cela aurait été mieux pour tout le monde si elle avait pu l'appeler et lui dire ce qu'elle devait avouer, sans être quelque part où ils partageaient tant de souvenirs. Maintenant, soit elle devrait faire une scène dans un endroit public tel que le bar d'un hôtel, soit elle devrait se risquer à aller dans la chambre qu'il avait sans aucun doute réservée. Ce serait probablement une chambre différente de toutes les autres, mais elle aurait tout de même l'impression que ce serait *la sienne*. Peu importait si le lit avait été changé, si la vue depuis la fenêtre était différente, ou s'ils s'étaient retrouvés à plusieurs étages différents au fil des ans. Ce serait quand même leur chambre. Et une fois la porte refermée derrière elle, elle devait lui dire qui elle était pour qu'il soit au courant de la vérité.

Une petite part d'elle espérait qu'il comprendrait. Qu'il saurait qu'elle ne lui avait pas caché ça pendant des années, seulement ce dernier mois quand elle avait essayé d'assembler les pièces du puzzle lorsqu'elle avait deviné qui il était. Une petite part d'elle rêvait encore qu'il dirait qu'il comprenait et qu'il l'embrasserait tout de même. Qu'il voudrait quand même d'elle. Qu'il lui pardonnerait pour ce qui s'était produit tant d'années auparavant et qu'ils seraient capables d'être *eux* à nouveau.

Mais cette partie-là était un mensonge. Elle en était consciente. Parce que peu importait que l'hôtel soit beau, peu importait les fauteuils en cuir et les moulures, elle n'avait pas sa place ici. Lui non plus. Ils avaient joué un rôle pendant toutes ces années, un rôle qui avait été un mensonge, même si elle ne l'avait pas compris à ce moment-là. Leurs règles n'avaient rien valu, au final. Elle finirait tout de même par tomber amoureuse, même en sachant qui il était. Et elle ignorait ce qu'elle devait faire. Ou plutôt, elle le savait, même si c'était plus douloureux qu'elle ne le croyait possible.

Elle ne souhaitait pas le perdre.

Pourtant, elle ne l'avait jamais vraiment eu.

Elle avait pris la décision de venir à l'hôtel, de s'habiller comme elle le faisait habituellement pour leurs rendez-vous, afin d'avoir un genre d'armure pour ce qu'elle devait lui dire. Et pourtant, une part d'elle savait que si Derek l'embrassait en premier, elle allait faiblir et le laisser l'aimer une dernière fois avant de tout perdre.

Il méritait bien mieux que ça, mais elle savait que ce soir serait leur dernier.

Elle allait dans cet enfer pavé de bonnes intentions et une fois encore, elle dut lutter pour respirer.

Elle portait une robe violette profonde qui serrait sa poitrine, ceinturée autour de la taille et plus lâche autour des cuisses. Il y avait plusieurs couches et bandes pour épouser ses courbes, mais la robe était en même temps fluide. Elle l'aimait, mais ne la porterait peut-être plus jamais si Derek la poussait hors de sa vie pour toujours.

Une fois qu'elle lui dirait qui elle était pour lui, maintenant qu'elle le savait, il n'y aurait pas de fin heureuse. Il n'y aurait pas de discussion pour se souvenir du bon vieux temps.

Il n'y aurait plus de D et O.

Elle retint un sourire, pensant aux petites plaisanteries qu'ils avaient faites sur leur identité de D et O. C'était peut-être immature, mais ils avaient tous les deux ri, souri, avant de retomber ensemble dans un lit.

Ils l'avaient souvent fait.

— Cette place est prise ?

Elle ferma les yeux en entendant sa voix profonde. Elle ne se retourna pas, n'étant pas certaine de pouvoir l'affronter, néanmoins elle se rappela ensuite que cette soirée n'était pas pour elle. Elle était pour Derek et pour ce qu'elle devait lui dire.

Elle prit alors une grande inspiration, ignorant le pincement dans son ventre, et elle se tourna sur le tabouret pour le confronter. Elle leva le menton, lui faisant signe de s'asseoir. Elle n'était pas sûre de pouvoir formuler des mots à ce moment-là. Elle finirait cependant par le faire. Le martini près de son coude restait intact et tandis qu'il s'installait à côté d'elle, elle se lécha les lèvres.

Ses yeux se mirent en action et elle aurait pu se maudire d'avoir fait ça. Elle ne pouvait le mener en bateau, et ne pouvait pas non plus empêcher ses réactions physiques en présence de Derek.

— C'est une nouvelle robe. Je l'aime bien.

Il avait dû l'observer en avançant jusqu'au bar puisque ses yeux étaient seulement posés sur son visage, désormais. Elle appréciait la façon dont ses pupilles se braquaient sur les siennes et le fait qu'elle puisse en dire tellement sur lui juste à la façon dont il la regardait. Elle connaissait ces yeux, elle savait l'homme qu'il était et maintenant qu'elle était concentrée, elle voyait les fragments de ses souvenirs, quand il était un garçon qui s'agaçait parce qu'elle le suivait partout, elle qui était tombée amoureuse du grand frère de sa meilleure amie. Bien sûr, elle n'avait pas été assez vieille pour l'aimer réellement, ce n'était qu'une amourette d'enfant.

Non, ces sentiments étaient arrivés plus tard.

Elle déglutit difficilement. Elle ne pouvait pas l'aimer. Pas maintenant ni plus tard. Elle ne le connaissait pas, pas suffisamment pour que ces sentiments aient du sens. Du moins, c'était ce qu'elle continuait de se répéter.

— Olivia. Tu vas bien ?

Elle se tira hors de ses pensées et tenta de donner l'impression que celles-ci n'allaient pas dans un millier de directions.

— Ce n'est pas une nouvelle robe.

Il fronça les sourcils.

— Oh. J'imagine que je ne connais pas tous tes vêtements. J'en ai vu quelques-uns.

Il marqua une pause.

— J'en ai touché quelques-uns, mais j'imagine que je ne les connais pas tous.

Elle ferma les yeux, prenant une profonde inspiration par le nez.

— Pardon. Je me comporte bizarrement.

— Non. Je t'ai appelé Olivia. Je n'ai même pas pris la peine de dire O et d'essayer de faire ce qu'on fait normalement, en agissant comme si on ne se connaissait pas. C'est différent. Et ça devrait l'être. Ce n'est pas comme la dernière fois ni comme toutes les fois auparavant. Et peut-être que ce n'est pas grave. Bon sang, après tout ce temps, ça a l'air nouveau *parce que* c'est déjà différent. Eh oui, je ne connais pas toutes les robes que tu possèdes et tu ne sais pas tout de moi non plus, mais on peut voir si on veut essayer.

Olivia baissa les yeux et joua avec le bord de son verre de martini, ne sachant pas vraiment ce qu'elle allait dire puisque son cœur était dans sa gorge à ce moment. Il en voulait plus ? Ou du moins, il voulait savoir s'ils avaient plus. Même s'il avait déjà évoqué ça plus tôt, quand il était venu chez elle, elle n'y avait pas réellement réfléchi. Et puisqu'elle avait l'impression qu'elle allait s'évanouir chaque fois qu'il était près d'elle, elle ne se souvenait pas vraiment de ce qu'il disait.

— On devrait parler, déclara-t-elle doucement.

Elle tenta de donner le sentiment qu'elle n'était pas en train de paniquer de l'intérieur. D'après la façon dont il la regardait, elle n'était pas certaine de réussir.

Il inclina la tête, la scruta, puis tendit la main pour écarter ses cheveux de ses épaules. Elle n'avait pas pris la peine de mettre des pinces pour retenir ses mèches, aujourd'hui, puisque cela aurait été une tentation pour elle, à laquelle elle avait voulu résister. Elle y avait réfléchi une fois qu'elle s'était observée dans le miroir et avait imaginé les mains de Derek dans ses cheveux comme il l'avait fait tant de fois au fil des ans. Alors, elle les avait détachés, laissant la tentation derrière elle. Seulement, lorsqu'il bougea ses mèches, le bout de ses doigts effleura la peau sur son épaule, au-dessus des bretelles de sa robe, et elle prit une profonde inspiration. Son regard s'assombrit et elle sut qu'il le sentait également, ce besoin, cette envie.

Et elle se détestait juste un peu pour ça, parce qu'elle allait tout changer.

Elle y était obligée.

— Oui, on devrait. Tu veux discuter ici ? Ou dans la chambre ?

Partout sauf dans la chambre.

Elle ne le dit pas, bien sûr, puisque la seule réponse possible *était* justement la chambre, mais cela ne l'aidait pas à prononcer ces mots.

— Je n'ai pas vraiment envie de parler ici, répliqua-t-elle finalement.

Elle glissa du tabouret.

— Tu veux finir ton verre ? demanda-t-il avant de hausser les sourcils. Ou peut-être le commencer ?

Elle secoua la tête.

— Je crois que je ne peux pas boire, là, et je l'ai juste commandé pour ne pas rester au bar sans rien avoir devant moi. Tu vois ?

— Oui. Même si j'aurais aimé arriver plus tôt pour que tu ne te retrouves pas seule, dans ce cas-là.

Elle haussa les épaules et récupéra son sac.

— J'arrive toujours tôt. Je ne peux pas m'en empêcher.

— C'est bon à savoir. Tu vois ? On apprend déjà de nouvelles choses.

Oh, si seulement, il savait.

Il lui prit la main et elle fit de son mieux pour ne pas se dégager, non pas parce qu'elle ne voulait pas de son contact, mais puisque justement elle le désirait bien trop. Et comme les fois précédentes où il l'avait menée vers l'ascenseur, elle se demanda ce que pensaient les autres en les regardant tous les deux. Croyaient-ils qu'ils étaient amants ? En couple ? Ou qu'ils avaient une relation extra-conjugale ?

Puisque rien de tout cela n'était vrai, elle ne pouvait s'empêcher de se demander ce que les gens qui avaient remarqué leur présence à tous les deux penseraient lorsqu'ils ne viendraient plus.

S'inquiéteraient-ils ?

Imagineraient-ils que c'était terminé ?

Ou leur absence passerait-elle inaperçue, une simple perte de mémoire qui ne signifiait rien du tout pour un observateur quelconque ?

Elle ne voulait pas devenir un souvenir effacé depuis longtemps, mais alors qu'elle n'avait rien d'autre dans la tête que l'évocation de ce qu'il s'était produit, elle n'était pas sûre de pouvoir être autre chose pour lui en demeurant saine d'esprit.

— Pourquoi avoir l'air si effrayée ? demanda Derek en appuyant sur le bouton du septième étage dans l'ascenseur.

Le sept était un numéro qui portait chance, non ? Ou bien il y avait les sept niveaux d'Enfer chez Dante ?

— Je vais bien.

— Tu crois que je ne te connais pas, mais j'en sais assez pour savoir que c'est un mensonge. Allons dans la chambre pour que tu puisses enfin me dire ce qui te met autant sur les nerfs. D'accord ?

Elle ne répondit pas, mais alors qu'ils avançaient dans la pièce une fois qu'ils eurent quitté l'ascenseur, son silence fut une réponse suffisante. Il appuya la carte contre le capteur de la serrure pour ouvrir la porte, faisant un signe afin qu'elle passe en premier. Elle détestait que sa poitrine soit douloureuse, que ses poumons lui donnent l'impression d'être trop grands pour sa cage thoracique.

Elle devait le faire rapidement, comme lorsqu'on arrachait un pansement, et tout irait bien ensuite.

Et si elle continuait de se dire ça, peut-être qu'elle y croirait vraiment.

La porte se referma derrière eux et elle roula ses épaules vers l'arrière. Il était temps d'être la femme pour laquelle elle s'était tant battue et lui dire la vérité. Alors, elle tourna sur ses talons pour l'affronter... et se retrouva avec ses lèvres sur les siennes.

Bon sang, cet homme et sa bouche.

Qu'il soit maudit.

Elle entrouvrit la sienne sans même s'en rendre compte, et il approfondit le baiser, passant ses mains dans ses cheveux et sur son visage, l'attirant près de lui. Il avait un goût de menthe et de café léger. Elle voulait se noyer dans son essence pour toujours. Mais alors même qu'elle le pensait et qu'il grognait, elle sut qu'elle devait s'éloigner.

Et contrairement à la fois précédente, elle le fit.

— Arrête, Derek. Il faut que je te parle.

Il haleta en même temps qu'elle, mais recula. La chaleur de l'homme touchait encore Olivia, mais pas son corps et elle lui en était reconnaissante.

L'embrasser à nouveau ne serait pas correct. Tomber amoureux de lui serait encore pire.

Elle avait déjà fait les deux et elle serait damnée si elle s'autorisait à nouveau à coucher avec lui. Elle ne pouvait lui dissimuler ce secret et le laisser la toucher, la *prendre*. Elle ne se le pardonnerait jamais.

— Qu'est-ce qui ne va pas, Olivia ? Qu'est-ce qui est si horrible pour que tu aies envie de pleurer et de trembler en même temps ? Je sais que je t'ai poussé et pour ça, j'en suis désolé. Si tu veux retrouver ce qu'on avait avant, on peut le faire. On peut continuer une fois par mois, nous contenter de nos prénoms et ne plus jamais parler du reste. Mais tu dois savoir que j'en veux plus. J'ai *besoin* de plus. Mais je me contenterai de ce que nous avions si c'est tout ce que tu peux me donner. En revanche, si tu peux m'offrir plus ? Je le prendrai. Je veux que tu le saches. Je veux te voir en dehors de ces murs. Je veux avoir de vrais rencards avec toi et découvrir qui nous pouvons être tous les deux quand nous ne suivons pas les règles que nous avons établies alors qu'on ne se connaissait pas aussi bien. Et je sais que je suis en train de dire tout ce dont j'ai envie, mais bon sang, on était si bien ensemble pendant si longtemps en ne s'autorisant pas à aller plus loin, en ne se rapprochant pas de ce que nous étions réellement. Il est peut-être temps de briser ce moule. Peut-être qu'il est temps que nous affirmions ce que nous voulons, plutôt que ce dont nous pensons avoir besoin.

Elle se cassait de l'intérieur, de grands gouffres se créant dans son corps comme si un tremblement de terre provoquait une réaction en chaîne douloureuse et désespérante. Pourtant, elle pouvait être forte. Forte, comme elle ne l'avait jamais été.

Il en voulait plus. Elle l'avait su, bien évidemment, mais l'entendre prononcer ces mots et voir la supplication dans ses yeux lui coupait le souffle.

Elle souhaitait tout ça également. Et même plus, néanmoins elle ne pouvait s'autoriser à y penser jusqu'à ce qu'elle lui avoue ce qu'elle cachait.

— Je m'appelle Olivia, déclara-t-elle brusquement.

Il fronça les sourcils, clairement surpris par le fait qu'elle disait ce qu'il savait déjà.

— Oui, tu me l'as dit la dernière fois. Qu'est-ce qui ne va pas ?

— Je m'appelle Olivia Madison. Est-ce que ce nom te paraît familier ?

Il se figea, son visage devenant impassible.

Il se souvenait.

Mais elle devait tout lui dire, juste au cas où. Oui, ce serait plus pour elle, au point où ils en étaient, mais cela pouvait également être pour lui.

— J'avais trois ans quand j'ai rencontré ma meilleure amie. Elle avait le même âge que moi et son grand frère n'avait qu'un ou deux ans de plus que nous. Elle était tout pour moi. Ses cheveux blonds étaient à l'opposé des miens, sa peau pâle bien plus claire que la mienne et j'aimais que nous soyons si différentes à l'extérieur et pourtant si semblable à l'intérieur. Je ne savais pas ce que signi-fiait tout ça quand j'étais une petite fille, mais je le sais, maintenant. Elle était mon tout, ma meilleure amie pour les trois années suivantes.

Il ne dit rien, mais il serra la mâchoire ainsi que ses poings.

Il savait.

Il se souvenait.

Mais elle n'avait pas encore terminé.

— Stacey et moi, on avait l'habitude de jouer dans le grand champ derrière chez nous. On était voisines, mais nos jardins n'étaient pas si grands et il n'y avait pas assez de place pour qu'on joue. Alors on allait dans le champ, avec toute l'herbe, les collines et les fleurs. Nos parents nous laissaient faire, sachant qu'on serait en sécurité parce qu'ils pouvaient nous voir depuis les fenêtres à l'étage de nos maisons, quand ils nous surveillaient. On aurait dû être en sécurité.

Derek garda le silence et elle eut envie de vomir, mais elle poursuivit. Si elle arrêtait maintenant, elle se détesterait.

— Un jour, on chassait les papillons. On avait six ans et c'est comme ça qu'on fonctionnait : on avait besoin de ces insectes pour notre cour de princesses. Tu vois, les papillons seraient nos suivantes et nous serions les deux princesses du royaume. C'était Stacey, qui avait de l'imagination, moi j'aidais à ajouter les petits détails comme les papillons pour être sûre que tout ça avait du sens.

Même à ce moment-là, elle avait été l'éditrice du petit monde de sa meilleure amie.

Mais déjà à cette époque, elle n'avait pas été suffisante.

Olivia prit une profonde inspiration et poursuivit.

— Ce jour-là, on s'est trop rapproché de la route. Je ne sais pas comment, mais on a fini pile dans le virage. J'ai appelé Stacey, lui disant de faire attention, mais elle s'est retournée au mauvais moment en entendant le son de ma voix. Elle n'a pas vu le trottoir.

Elle laissa échapper un soupir tremblant et ses yeux la picotèrent, mais elle ne laissa pas les larmes couler. Stacey les méritait peut-être, mais pas Olivia.

— Elle a fait un pas de trop au pire des moments. Personne n'a vu la voiture arriver. Le conducteur ne l'a pas vue.

— Je me souviens, grogna-t-il. Tu n'as pas besoin de raconter encore plus de détails. Je me rappelle ma putain de sœur, Olivia. La question c'est : depuis combien de temps le sais-tu ? Depuis combien de temps sais-tu que je suis ce garçon ? Depuis combien de temps tu me mens, tu me caches ça ?

Cette fois-ci, les larmes coulèrent.

— Je l'ai seulement su quand tu m'as dit ton nom et que j'ai assemblé les pièces du puzzle. Je te le promets. Ta famille et toi, vous avez déménagé à l'instant où tout ça s'est passé et je ne t'ai pas vu depuis tes six ans. Je ne pensais pas te revoir un jour. Je n'ai jamais cru que toi, D, tu pouvais être le Derek que je connaissais quand j'étais petite et pour qui je craquais.

Elle n'avait pas voulu dire cette dernière partie, mais elle se mettait totalement à nue, alors elle pouvait aussi bien tout dévoiler.

— Je ne sais pas si je peux te croire.

C'était douloureux, mais après tout, elle ne pouvait pas le lui reprocher. Elle s'était déjà effondrée plus d'une fois dans sa vie, et c'était désormais à son tour de le briser pour qu'il lui impute la mort de sa sœur.

— Je suis tellement désolée, Derek. Je n'ai pas voulu l'appeler à ce moment précis et la distraire. Je ne voulais pas que tout ça arrive. Je ne me pardonnerai jamais pour cette journée, et je ne me pardonnerai jamais de t'avoir fait penser que j'ai un jour souhaité te faire du mal. Je ne savais pas qui tu étais jusqu'à ce moment, le mois dernier, quand je suis partie. Mais je ne sais pas comment te pousser à me croire. J'ai essayé de trouver le courage et les mots pour te l'avouer, depuis. Je ne sais pas quoi dire d'autre, à part que je suis désolée. Je suis tellement désolée qu'on ait perdu Stacey. Je suis désolée d'être la fille de ton enfance qui te ramène tous ces mauvais souvenirs et que tu sois ce même garçon. Et je suis désolée d'être tombée sous ton charme quand je n'aurais pas dû. J'ai brisé les règles. J'ai tout changé. Et je suis juste terriblement désolée.

Elle s'était véritablement ouverte, elle s'était mise à nu de toutes les façons possibles, et il ne lui restait plus rien.

Elle priait simplement que ce soit suffisant, qu'une petite partie d'elle qui avait un jour espéré brillerait.

Cependant, bien sûr, ce ne fut pas le cas.

Ce ne serait pas le cas.

Derek la regarda une fois de plus, ouvrit la bouche pour déclarer quelque chose, avant de s'en empêcher. Lorsqu'il tourna les talons et sortit de la chambre d'hôtel, elle sut que ce serait pour la dernière fois. Ce serait leur dernier mois.

Il était parti.

Et elle savait que peu importait la petite partie d'elle qui réfléchissait et espérait, elle ne méritait rien de moins.

Seulement, lorsque la porte claqua, elle tomba à genoux, ignorant la façon dont sa robe se releva et se plissa, pour laisser ses larmes tomber librement.

Elle s'était brisée une fois de plus, mais cette fois-ci, elle ne serait pas sûre de pouvoir retrouver les morceaux afin de les recoller.

Elle avait cédé à cet espoir, même si elle ne l'avait pas voulu. Elle était tombée amoureuse de l'homme qu'elle s'était promis de ne jamais aimer.

Les règles étaient claires : ne jamais tomber amoureux.

Elle l'avait fait.

Ne jamais s'engager.

Elle pensait pourtant le pouvoir.

Et ne jamais dire la vérité à Derek.

Elle venait de le faire.

Et maintenant, c'était terminé.

Pour toujours.

CHAPITRE HUIT

LE CHOC ÉTAIT une chose amusante. Il poussait quelqu'un à faire le pire possible, sans rien ressentir. Derek avait été incapable de sentir une quelconque partie de son corps une fois qu'Olivia avait commencé à parler. Il s'était paralysé et était ensuite resté planté là comme un idiot en tentant de comprendre ce qu'elle essayait de lui dire et comment tout ça appartenait à sa vie ordonnée et dans les souvenirs qu'il avait bâtis au fil des ans.

La « O » dans son lit, celle qui avait envahi ses rêves ces quatre dernières années, était la même Olivia qui avait été là, le jour où sa famille avait été brisée, et qui avait été présente à d'innombrables reprises avant ça.

Il n'arrivait toujours pas à y croire.

Derek passa ses mains dans ses cheveux et essaya de calmer sa respiration. La partie de lui qui était tombée amoureuse d'Olivia ces quatre dernières années savait qu'il n'aurait pas dû la laisser ainsi dans la chambre d'hôtel, alors qu'elle donnait l'impression de s'être effondrée en même temps que lui. Mais une autre partie de lui avait été incapable de la regarder et de ne pas se souvenir de tout ce qu'il avait perdu.

Il n'avait pas été capable de séparer ces deux personnalités-là, tout en essayant de digérer l'information et ce qu'il ressentait aux mots qui sortaient de sa bouche.

Il ignorait ce qu'elle avait fait ou même ce qu'elle était censée faire désormais. Curieusement, il avait réussi à conduire jusqu'à chez lui, laissant Olivia derrière lui comme le salaud qu'il était, et il avait réussi à réfléchir. Mais maintenant qu'il était chez lui, sur son canapé, il n'arrivait plus à raisonner sur quoi que ce soit.

Olivia était la petite fille qui courait autour de Stacey tous les jours comme si toutes les deux, elles se moquaient de tout. Elles étaient si jeunes, si libres, que oui, effectivement, rien ne les inquiétait et ne les préoccupait. Elles étaient de petites filles, elles n'avaient pas à gérer de gros problèmes, de toute façon.

Maintenant qu'il y songeait, il pouvait voir les mêmes traits chez cette fillette que chez la femme qu'il avait rencontrée des années plus tôt. La forme de ses yeux, les coins de sa bouche. Néanmoins, la jeune Olivia avait toujours eu un sourire plus éclatant, et avait toujours dissimulé une certaine innocence qui brillait dans son regard. Une pureté qu'elle avait pu posséder puisqu'elle avait été trop jeune pour gérer toutes ces conneries qui étaient arrivées après l'accident de Stacey. Bon sang, il avait eu la même innocence, du moins, il aimait le croire. Mais, tout avait changé et il n'avait honnêtement plus jamais pensé à Olivia.

Peut-être qu'il aurait dû.

— Nom de Dieu, marmonna-t-il.

Il était agacé par son trouble. Il n'était pas tourmenté à cause d'une femme, mais d'un passé qu'il ne pouvait changer.

Il *savait* que tout cela n'avait pas été la faute d'Olivia. Bon sang, Stacey avait couru sur la route de son propre chef ce jour-là, et elle l'aurait fait de toute façon, même si Olivia ne l'avait pas appelée. Le conducteur de la voiture en avait dit autant et même s'il n'avait pas parlé à cet homme depuis une décennie, il savait que celui-ci ne se le pardonnerait jamais.

Visiblement, personne ne s'était absous ces dernières décennies pour cette tragédie.

Le conducteur ne l'avait certainement pas fait, mais il n'avait pas non plus contacté Derek ou sa famille pour tenter de s'excuser ou de parler de ça, du moins, pas depuis cet appel qu'il avait passé quand Derek était adolescent. C'était arrivé après le départ de son père, et lorsque sa mère avait tourbillonné dans l'enfer. Cet homme avait même dit que ce serait la dernière fois qu'il appellerait, mais il voulait que le jeune et sa famille sachent qu'il penserait toujours à Stacey. Derek n'avait pas su quoi en penser, à ce moment-là, mais au fil des ans, il en avait appris un peu plus sur ce qu'il était et comment gérer son propre chagrin. Il comprenait que le conducteur devait faire tout ce qu'il devait, de façon à vivre avec ce qu'il s'était passé.

Cela n'avait pas été la faute de cet homme. C'était un accident. Et même si la mère de Derek l'avait accusé au début, en fait, c'était contre elle (et même contre Derek) qu'elle était en colère pour cet événement. Elle en avait voulu à Dieu, au destin et à tout ce qu'elle pouvait blâmer. Mais aucune once de cette culpabilité n'avait pu ramener Stacey. Rien de tout ça n'avait pu faire revenir sa mère.

Son père en avait voulu à Derek parce qu'il n'avait pas surveillé sa sœur, même si celui-ci n'avait qu'un an de plus et était trop jeune pour être responsable. Cela n'avait pas empêché son père d'être le salaud qu'il était. Cet homme avait géré son chagrin en crachant toute sa rage sur son fils. Jamais avec ses poings, mais ses mots étaient suffisamment douloureux. Puis, son père n'avait plus été capable de supporter le deuil et les crises de sa femme, donc il était juste parti une nuit sans une parole et n'avait même pas regardé derrière lui. Il avait payé une pension alimentaire jusqu'aux dix-huit ans de Derek, et avait envoyé les papiers du divorce, mais dans les faits, Derek avait perdu sa sœur, son père et sa mère.

Sa mère l'avait quitté mentalement, son père, émotionnellement. Derek n'avait plus eu que les morceaux à récupérer.

Pourtant, il lui avait fallu bien trop longtemps pour les trouver et les recoller. Il s'était ensuite rendu compte qu'il n'en avait pas assez pour retrouver ce qu'il pensait être.

Mais au travers de tout ça, il n'en avait jamais voulu à la petite fille qui était avec sa sœur en ce jour fatidique. Peut-être qu'il aurait davantage dû penser à Olivia, mais il n'avait que sept ans et venait juste de perdre sa petite sœur. Il vivait dans une zone de guerre, dans les confins de sa maison, et il avait été arraché au seul endroit qu'il avait jamais connu pour emménager dans une nouvelle maison dès que sa mère en avait été capable.

Je ne lui en ai jamais voulu, se répéta-t-il.

Et maintenant qu'il pouvait respirer, qu'il pouvait réfléchir, il savait qu'elle se culpabilisait bien plus qu'il ne l'imaginait. Il ne lui reprochait même pas de ne pas lui avoir tout raconté dès le début. Si ce qu'elle disait était la vérité, et bon sang, il la croyait, alors elle ne savait pas qui il était avant qu'il lui dise son nom.

Il avait été conscient que lorsqu'il lui demanderait de l'appeler Derek, les choses changeraient, il ne s'était simplement pas rendu compte à quel point la transformation serait capitale. Ils *avaient* changé. Il avait pensé, au début, que c'était parce qu'il lui en avait trop exigé, mais, apparemment, cela avait été le déclencheur pour qu'elle se souvienne qui il était, toutes ses années auparavant.

Pas étonnant qu'elle ait eu envie de partir et de ne plus jamais le revoir.

Il était la mémoire visuelle de cette douleur.

Seulement, elle était la même chose pour lui.

Désormais, il n'était pas sûr de pouvoir la regarder sans penser à Stacey et à cette journée avec les papillons.

C'était le problème. Il ne blâmait peut-être pas Olivia pour ce qui était arrivé, mais rien que son visage le pousserait à se souvenir de cette douleur chaque jour. Était-il assez fort pour traverser tout ça ? Il l'ignorait, mais il devait y réfléchir avant de prendre une quelconque décision. Et peu importait ce qui s'était produit dans la chambre d'hôtel, plus tôt, il n'avait fait aucun choix.

Il ne savait pas ce qu'il comptait faire à propos d'Olivia, mais il devait faire quelque chose... avant de la perdre et de se perdre lui-même pour toujours.

Avant qu'il puisse se provoquer une migraine, son téléphone vibra et il grogna. C'était comme si cette femme savait exactement quand appeler pour que Derek se déteste encore davantage.

Il répondit à la troisième sonnerie.

— Maman.

— Je veux préparer des cookies, mais je n'ai plus de beurre de cacahuètes. Tu peux passer m'en prendre ?

Il était dix-neuf heures et elle voulait faire des biscuits. Elle ne se disait même pas que Derek pouvait travailler ou avait peut-être des plans. Mais c'était sa mère et il ne pouvait rien faire à ce propos, sans risquer de la perdre pour toujours.

— Je t'en ai acheté la semaine dernière, déclara Derek. Et il est tard, maman. Tu devrais te détendre avant d'aller au lit.

Il n'était pas tard, mais il avait l'impression que c'était le cas pour sa mère.

— Je suis la mère. Tu es le fils. Tu n'as pas le droit de me dire quoi faire.

Nom de Dieu.

— Je sais, maman. Mais il est tard. Prépare-toi à aller au lit et on fera des cookies demain, si tu veux.

— Peu importe, je n'ai plus envie de cuisiner, maintenant.

Elle raccrocha ensuite et Derek regarda son téléphone, se demandant comment, exactement, il allait s'occuper de sa mère pour le reste de sa vie. Ce n'était pas toujours aussi horrible. Il pouvait passer des semaines sans entendre parler d'elle parce qu'elle s'enracinait dans la société et menait une vie saine. Mais parfois, c'était comme lors du mois dernier.

Il ne parlerait pas d'Olivia à sa mère. Jamais.

La jeune femme n'avait pas besoin de ça dans sa vie.

Et c'était juste une autre raison pour laquelle il vaudrait peut-être mieux qu'il ne revoit plus jamais

Olivia. Le truc, c'était qu'il *voulait* la retrouver. Il avait envie qu'elle fasse partie de sa vie. Il n'était simplement pas sûr de pouvoir en supporter le prix, en réfléchissant davantage à ce qu'ils pourraient être.

Sa mère serait toujours dans sa vie. Il était le seul qui lui restait, et elle était encore sa mère, peu importait ce qu'il s'était passé auparavant. Cela signifiait que s'il avait également Olivia, il y aurait constamment cette tension. Ce serait une chose sur laquelle ils devaient travailler ou pour laquelle ils ne seraient jamais assez fort.

Olivia était déjà si forte et désormais, il avait peur d'être le faible dans l'histoire.

Il s'était une fois encore ignoré et savait que s'il ne respirait pas et buvait peut-être une bière pour se détendre, il finirait par avoir un ulcère sans avoir pris aucune décision.

Les souvenirs de chaque fois qu'il avait eu Olivia dans ses bras et de ce qu'il avait ressenti quand il avait voulu qu'elle connaisse son nom lui revenaient. Il avait voulu qu'elle fasse partie de sa vie. Il avait voulu *plus*. Il était parti ce soir en sachant qu'elle ne serait peut-être plus là, mais en espérant qu'elle le serait. Il était allé lui demander d'entrer dans sa vie et d'être plus que la partenaire d'une seule nuit par mois. Il avait enfreint toutes les règles et s'était dévoilé devant elle.

Et même s'il ne la connaissait pas entièrement (c'était clair), il la connaissait, maintenant. La femme qui s'était tenue devant lui avait été brisée plus d'une fois, et avait tremblé en lui avouant la vérité. Mais elle lui avait tout raconté, sachant que tout pouvait changer et changerait effectivement quand elle le ferait. Il serait incapable de lui reprocher ça.

Et le truc, c'était qu'il était tombé amoureux d'elle. Il l'aimait terriblement et voulait plus de sa part, souhaitant donner plus de lui-même en même temps. Il espérait simplement qu'il serait capable de ne pas penser à Stacey quand il voyait Olivia.

Alors il resterait assis, et il attendrait. Il réfléchirait, il en débattrait tout seul jusqu'à ce que tout ça ait du sens. Et si la situation ne s'éclaircissait jamais, il aurait sa réponse.

Parce qu'il n'était pas tombé amoureux de l'*idée* d'Olivia, c'était plus que ça. Ils en savaient plus l'un sur l'autre qu'ils ne l'avaient prévu, car il avait été impossible de ne *pas* en apprendre plus après quatre ans de rendez-vous. Il savait quel genre de femmes elle était et était conscient qu'il pouvait trouver la force de se souvenir de ce qu'ils pouvaient avoir, plutôt que ce qu'il avait perdu, ce qu'*ils* avaient perdu. Ils pouvaient être quelque chose de merveilleux.

Il devait juste s'en remettre et faire en sorte que cela se produise.

Du moins, il l'espérait.

CHAPITRE NEUF

OLIVIA AVAIT SU que la soirée de la veille aurait pu être bien pire, même si elle ne savait pas de quelle manière. Enfin, Derek aurait pu jeter quelque chose, crié, fait plus que ce qu'il avait fait. Mais ce n'était pas lui. Il avait posé les questions nécessaires, celles qui lui étaient venues à l'esprit à ce moment-là, puis il était parti sans un mot, la laissant seule dans sa chambre d'hôtel où, à n'importe quel autre moment, ils auraient partagé leur corps l'un avec l'autre et auraient appris des bribes de leurs vies.

Parce qu'elle savait qu'elle s'était menti quand elle avait cru ne pas offrir un morceau d'elle-même en même temps. Elle ne connaissait peut-être pas chaque détail, mais elle était au fait du nœud de leur relation et comprenait qu'elle avait été assez transparente pour qu'il puisse découvrir son cœur.

Ils avaient appris à se connaître malgré les règles.

Elle était tombée amoureuse de lui contre ses souhaits subconscients et sûrement aussi contre la volonté de Derek.

Et il était parti. Mais ce n'était pas comme si elle pouvait le lui reprocher. Elle avait traversé toute sa vie en essayant d'apprendre à ne pas s'en vouloir, du moins pas entièrement, pour ce qu'il s'était produit avec Stacey, mais en revoyant Derek, quand elle avait compris qui il était, elle avait été obligée de redevenir la fille qui s'en voulait constamment.

Elle avait suivi une thérapie, elle avait parlé de ses sentiments jusqu'à être une coquille vidée qui se remplissait d'une nouvelle version de ce qu'elle pouvait et devrait être. Mais en un souffle, en un coup d'œil à Derek, elle était redevenue la fille avec des serre-tête en marguerites sur la tête, qui chassait les papillons avec sa meilleure amie. Puis, au souffle suivant, elle n'avait plus été la femme qui avait trouvé sa force, mais la plus jeune, l'enfant qui ne pouvait dormir sans crier.

Olivia soupira avant de passer une main dans ses cheveux, détachant la barrette à l'arrière. Puis elle secoua la tête afin que ses boucles retombent autour de son visage. Elle n'avait pas pris la peine de les sécher après la douche, donc maintenant, ils retombaient en vagues et boucles partielles avec quelques parties plus lisses pour entourer tout ça. D'où le fait qu'elle essayait de laver ses cheveux aussi rarement que possible.

Et si elle pensait à ses cheveux et à ses habitudes hygiéniques, elle finirait par retomber sur Derek, Stacey ou le travail qu'elle avait à faire. Parce que les cœurs brisés n'étaient pas une excuse pour dépasser ses délais. Ses écrivains comptaient sur elle, donc ce n'était pas comme si elle pouvait combler ses e-mails avec des excuses creuses pour leur faire comprendre.

Ses auteurs rédigeaient de la romance.

Mais Olivia ne les vivait pas.

Clairement.

Elle avait su que ce ne serait pas assez, mais ce n'était pas grave, elle avait beaucoup de choses dans sa vie et elle finirait par passer à autre chose. Elle trouverait autre chose à faire lors de ces soirées pour lesquelles elle avait toujours hâte. Une fois qu'elle pourrait se relever sans avoir envie de s'effondrer, elle roulerait les épaules en arrière et peut-être qu'elle quitterait la maison pendant plus de temps qu'il en fallait pour récupérer un colis sous le porche.

Elle serait l'Olivia qu'il fallait qu'elle soit, parce que c'était la seule réponse pour elle.

Elle avait juste besoin de ne pas avoir l'impression de mourir de l'intérieur, d'abord.

— Un pas à la fois, chuchota-t-elle à elle-même avant d'ouvrir son ordinateur portable.

Elle avait une relecture complète à effectuer et elle ne pouvait le faire si elle n'avait même pas ouvert le fichier une seule fois.

Heureusement, son téléphone vibra à cet instant exact, donc elle n'eut pas besoin de prendre la peine d'essayer de voir l'écran au travers de ses yeux remplis de larmes.

— Alice.

Sa voix n'était pas cassée, donc elle considérait que c'était une victoire. Elle ignora cependant le fait qu'elle semblait creuse. Alice serait capable de distinguer son humeur à cause de ces émotions de toute façon.

— Il faut que je prenne l'avion jusqu'à chez toi ? Car c'est l'impression que j'en ai. J'ai des miles à utiliser. On ira boire un verre et travailler parce qu'on est des acharnées du boulot et qu'on ne sait rien faire d'autre, mais je serai juste à tes côtés.

Sur ces mots, Olivia se mit à pleurer, sentant que de grands sanglots hoquetants arriveraient une fois que la paralysie quitterait sa poitrine. Elle avait envoyé un message à Alice la veille au soir, lui annonçant que Derek était parti. Elle n'avait pas voulu que son amie s'inquiète, mais elle n'avait pas trouvé les mots pour dire quoi que ce soit d'autre.

Le corps d'Olivia trembla, et elle déglutit difficilement, essayant de respirer tant bien que mal, mais les larmes coulèrent tout en déchirant une partie d'elle qu'elle avait essayé de dissimuler, celle qui était à vif, douloureuse et qui voulait juste être aimée. Elle avait toujours haï cet aspect-là, ayant l'impression d'être faible. Mais elle avait tort.

Elle était plus forte grâce à ça, et maintenant, elle n'était pas sûre de savoir ce qui arriverait à cette couche de sa personnalité quand elle échapperait aux cendres de ce moment.

— Tu vas mieux, chérie ? s'enquit Alice à voix basse. Laisse tout sortir. Pleure autant que tu le souhaites, comme tu en as besoin et je serai là. Je serai présente, aussi. Si tu en as besoin. Tu n'as qu'à me le dire. Je ne vais pas te pousser, mais je serai toujours là pour toi.

— Je ne sais pas pourquoi je pleure. Ce n'était que du sexe, non ? Ça n'aurait pas dû vouloir dire quoi que ce soit.

— C'est le plus grand mensonge que tu m'as

jamais dit, Olivia. Il était plus qu'un coup d'un soir mensuel. C'était plus que du sexe. Si ça avait été le cas, tu l'aurais mentionné au moins une fois en passant pendant ta relation. Le fait que tu ne m'en as pas parlé signifiait que tu voulais le garder proche de ton cœur. Je comprends. Vraiment. Il était à toi et il était plus important que du sexe. Non pas qu'il n'y ait pas d'émotions et de besoins dans le sexe. Je le sais plus que quiconque, mais ce n'est pas ce que tu avais avec Derek. Du moins, pas totalement. Vous avez peut-être évité de dire vos noms, mais je ne pense pas que vous avez refoulé le reste, même si vous avez essayé.

— C'était justement ce que j'étais en train de réaliser.

— C'est bien. Maintenant, tu sais pourquoi tu as mal. Tu fais le deuil de la perte d'une relation qui était bien différente de l'étiquette que tu lui donnais et en le faisant, tu fais revenir tous ses souvenirs que tu as lutté pour oublier, mais aussi pour assimiler. Tu as le droit de pleurer, tu as le droit d'enrager. Tu as le droit de faire tout ce dont tu as besoin. Tu m'as dit que tu ne voulais pas continuer ainsi avec Derek sans qu'il soit au courant de ton passé. Maintenant, il le sait. Le truc, c'est que je ne savais pas à quelle réaction m'attendre puisque je ne le connais pas.

Alicia soupira et Olivia essuya les larmes sur son visage et raconta à son amie tout ce qu'elle ne lui avait pas dit auparavant.

— Je pense qu'il a réagi exactement comme je l'imaginais. Précisément comme le Derek que j'ai appris à connaître. Je ne sais pas s'il me reproche ce qui est arrivé à Stacey et, honnêtement, je pense qu'il m'a cru quand j'ai dit que je ne connaissais pas notre lien avant cette soirée d'il y a un mois, mais ce n'est pas tout. Il pourrait me regarder et voir Stacy chaque fois. Cette image teintera toutes nos interactions jusqu'à la fin des temps. Et je ne pense pas que nous ayons ce temps-là. C'est douloureux. Je déteste ça. Mais ce n'est pas comme si je pouvais me forcer à sortir de cette situation. Je n'ai rien fait de mal.

Elle marqua une pause, soupirant en se rendant compte de ce qu'elle venait de dire.

— Je n'ai rien fait de mal, mais cela ne veut pas dire que ça va fonctionner avec Derek. Il y a tellement de complications que ce n'est même pas drôle. Il m'a peut-être dit avant que je lui avoue la vérité qu'il en voulait plus, mais il n'avait pas toutes les données. Et il ne m'appelle pas, n'est pas devant ma porte donc...

— Il n'a pas ton numéro, chérie.

— Il aurait pu le demander à Austin. Et il sait où

j'habite. La balle est littéralement dans son camp et même si ça me tue, je ne pense pas que je pourrais le blâmer s'il veut rester loin de moi. Ça fait beaucoup à encaisser.

— Alors, sache que tu es l'Olivia que tu dois être. Ça craint. Je n'ai pas de meilleur mot et je suis auteure donc on pourrait croire que je serai du genre à en trouver d'autres, mais ça craint simplement. Je suis tellement désolée, chérie. J'espère qu'il se remettra de son choc et qu'il viendra te trouver, mais s'il ne le peut pas ou si *tu* ne peux pas, alors tu peux juste... juste être. Je t'aime, Liv.

Alice ne l'appelait jamais Liv puisque l'écrivaine avait tendance à détester les surnoms, mais aujourd'hui était une journée étrange et leur coup de téléphone n'était pas facile.

— Merci, Alice. Pour tout. Et je t'aime aussi.

— Je serai toujours là, ma petite chérie.

Olivia raccrocha et soupira. L'écran en face d'elle était devenu sombre puisqu'elle ne l'avait pas utilisé depuis un moment, et elle essaya de ne pas penser au fait que c'était comme une métaphore de sa vie. Celle-ci n'était pas sombre, sa fin n'était pas proche. Elle continuerait simplement d'avancer, même si elle était un peu plus contusionnée et usée qu'auparavant.

On frappa à la porte, ce qui la tira de ses pensées, et elle faillit laisser tomber son téléphone ainsi que son ordinateur sur ses genoux. Elle ne savait pas qui pouvait être à sa porte puisqu'elle n'attendait aucune livraison, mais quelques fois, elle oubliait avoir commandé en ligne.

Elle ne portait qu'un vieux legging avec un débardeur et une brassière de sport puisqu'elle avait eu l'idée hilarante qu'elle irait faire un jogging, plus tard, pour se débarrasser d'un peu de stress. Peut-être pour fuir ses propres démons, si possible. Bien sûr, comme si cela pouvait arriver malgré sa migraine imminente. Avec un peu de chance, le livreur ne s'attarderait pas sur sa tenue.

Lorsqu'elle alla ouvrir la porte, cependant, ce n'était ni le livreur ni la personne qu'une minuscule partie d'elle aurait souhaitée, celle qui lui tirait sur l'estomac et lui faisait mal.

— Sierra. Tout va bien avec les enfants ? Avec Austin ?

Sierra Montgomery était sur le pas de sa porte, l'air merveilleusement soignée, comme d'habitude, et tenant une assiette de ce qui ressemblait à un cheese-cake au brownie.

— Salut toi. Je peux entrer ? Ça ne prendra pas

longtemps, mais j'ai du sucre et des câlins, je pense que tu pourrais avoir besoin des deux.

Bien sûr, Sierra était au courant. Derek et Austin étaient amis. Des amis proches, apparemment, et celui-ci l'avait dit à sa femme.

Alors Olivia recula et se prépara à ce qui arriverait.

— Je suis ravie que les garçons aillent bien, alors, déclara Olivia.

Elle regardait le cheese-cake et non sa voisine. Elle n'avait pas mangé de la journée et soudain, elle était affamée.

— Ils vont très bien. Leif commence à avoir une voix grave, qui mue. C'est à la fois adorable et effrayant. Colin est tout en sourire et en rire. Je ne veux pas que ça s'arrête. Et Austin ? Eh bien, Austin est l'une des raisons pour lesquelles je suis ici. Je peux m'asseoir ? Les gourmandises sont pour toi.

— Oh ! Je suis désolée, assieds-toi.

Elles s'installèrent toutes les deux sur le canapé et prirent un morceau de gâteau. Olivia fit de son mieux pour ne pas gémir, mais c'était difficile.

— Je dois te dire que je ne les ai pas faits. C'est Hailey, de *Taboo*, le café à côté du salon de tatouage. Elle les a préparés et me les a donnés pour toi.

Olivia ouvrit les yeux.

— Elle me connaît ?

Sierra secoua la tête.

— Non, mais apparemment, Derek avait la même tête au travail aujourd'hui que quelqu'un qui s'est pris un coup de poing dans le ventre. Hailey a donné la moitié des parts de cheese-cake à Derek pour le réconforter, et Austin a demandé que l'autre moitié te soit transmise. Il a dit à Hailey et à moi que la seule raison pour laquelle Derek avait cette tête aujourd'hui, c'était à cause de toi, donc tu les méritais aussi.

Sierra grimaça.

— Je ne sais pas ce qu'il s'est passé, ma puce, et je suis désolée d'avoir été si occupée que je n'étais pas dans le coin pour en apprendre plus sur cette histoire. Oui, Austin et Derek sont amis, mais je ne veux pas que tu croies que tu es seule. Derek a été assez discret au fil des ans, donc je ne le connais pas aussi bien que d'autres artistes. Le fait que lui et toi vous sembliez vous connaître, ça me choque autant qu'Austin.

— Le monde est petit.

Olivia joua avec l'extrémité de sa part, n'ayant plus faim.

— Trop petit, parfois, et je comprends. Avant d'épouser un Montgomery, je retenais toutes mes émotions et je ne laissais pas entrer le monde. J'étais plus en sécurité de cette façon. Je ne dis pas que c'était mauvais non plus, mais je suis ravie d'avoir changé comme je l'ai fait en les rencontrant. Derek n'est pas un Montgomery. Il a toujours paru ouvert sur qui il était, mais il a aussi été doué pour garder des parties de lui dissimulées. Je comprends. Ce sont ses affaires et nous, les Montgomery, on ne peut pas obliger n'importe qui à dévoiler leurs secrets.

Olivia ricana.

— Mais tu es douée pour essayer, en tout cas.

Sierre se contenta de sourire.

— C'est vrai. Je vais te laisser les gâteaux et je ne me montrerai pas indiscrète. Tu dois juste savoir que Derek a l'air de... eh bien, Austin disait qu'on avait l'impression qu'il souffrait, et maintenant que je te regarde, je dois dire que tu donnes la même image. Je ne sais pas ce qu'il s'est passé et je ne sais pas si je peux aider, mais je suis là si tu as besoin de moi. Je vais te laisser avec le chocolat et quand tu seras prête, sache que je serai juste à côté.

Et sur ces mots, la femme la serra dans ses bras et franchit la porte sans un mot, laissant Olivia plantée là, à se demander ce qu'il venait de se produire.

Les Montgomery ne savaient peut-être pas ce qu'il se passait entre Olivia et Derek, mais ils essayaient tout de même d'aider et cela signifiait plus qu'elle ne pouvait le dire. Néanmoins, elle ignorait ce qu'elle pensait du reste.

Derek souffrait ? Évidemment. Elle le savait rien qu'à la façon dont il l'avait regardé dans la chambre d'hôtel.

Mais que pouvait-elle y faire ?

Elle lui avait avoué la vérité et ils avaient fini par souffrir tous les deux.

Maintenant, elle devait simplement trouver une façon d'aller de l'avant.

Sans lui.

Quelqu'un frappa à nouveau à la porte et Olivia supposa que Sierra avait dû oublier quelque chose. Elle regarda rapidement autour d'elle pour voir si sa voisine avait laissé tomber quelque chose, mais elle ne vit rien. Peut-être qu'elle avait autre chose à lui dire, et honnêtement, Olivia s'en moquait puisqu'elle l'appréciait.

— Tu as oublié quelque chose ? s'enquit Olivia en ouvrant la porte.

Elle se figea, ses paumes devenant humides et ses mains tremblantes.

Ce n'était pas Sierra.

Non, ce n'était pas Sierra du tout.

— Derek, croassa-t-elle.

Ça ne pouvait pas être réel. Il ne pouvait pas être sur le pas de sa porte quand elle essayait de se remettre de ce qu'ils auraient pu avoir. Tout irait bien pour elle, sans lui, mais il ne pouvait pas être près d'elle pour que cela se produise.

Mais il était ici.

Pourquoi était-il ici ?

Elle ne pouvait espérer. Elle ne pouvait rêver. Et à ce moment-là, elle ne pouvait même pas respirer.

— Olivia.

Il s'éclaircit la gorge.

— Je peux entrer ? Je crois qu'on devrait parler.

Sans un mot, elle recula et le laissa entrer. La porte se referma derrière eux deux et elle se tourna vers lui, appuyant ses mains contre son ventre.

Puis elle cligna des yeux.

Parce que Derek était dans sa maison. Chez elle.

Et elle ignorait totalement ce qui se passerait ensuite.

CHAPITRE DIX

DEREK IGNORAIT TOTALEMENT ce qu'il allait dire. Il était venu avec des idées, et dès qu'il avait vu Olivia et ses yeux écarquillés de femme blessée par ses actes, toutes ses idées avaient glissé hors de son esprit.

Elle se tenait devant lui et portait un legging, un haut qui avait vu de meilleurs jours et ses cheveux étaient attachés au-dessus de son crâne dans une pince. Elle n'avait jamais eu l'air plus sexy. Même avec ses yeux rougis et son visage gonflé qui lui indiquaient qu'elle avait pleuré, il la trouvait belle.

Et c'était à cause de lui qu'elle avait les larmes aux yeux et cet air sur son visage.

Lui.

Parce qu'il avait été incapable de rester quand

il l'aurait dû. Parce qu'il avait été pris de court et qu'il avait eu besoin de temps pour réfléchir. Cela avait peut-être été nécessaire, mais il lui avait fait du mal par la même occasion et désormais, il devrait juste espérer qu'elle le pardonnerait pour ça.

— Merci de m'avoir laissé entrer, déclara-t-il, ne sachant pas vraiment par où commencer.

Il était plus doué avec ses mains qu'avec ses mots quand il s'agissait des autres. Il n'avait jamais été du genre à découvrir facilement ce qu'il devait faire de sa vie et de ses décisions, mais il pouvait aider les autres à y arriver.

Désormais, il devait travailler sur *lui-même*.

Et il espérait vraiment qu'Olivia comprenait.

— Je suis honnêtement surprise que tu sois ici.

Elle tordit ses mains devant elle, et laissa échapper un mélange entre un ricanement et un soupir.

— Et j'ignore totalement quoi te dire. Devrais-je te demander de t'asseoir ? T'offrir du thé ? Une bière ? Je ne suis pas douée pour les interactions sociales dans les bons jours, mais avec toi ? Je suis tellement hors de ma zone de confort que ce n'est même pas drôle.

Derek tendit la main pour prendre la sienne,

puis y réfléchit à deux fois et le fit tout de même. Elle écarquilla les yeux, mais ne se retira pas.

— Je n'ai pas besoin de m'asseoir. Je n'ai pas besoin de boire un coup. Et je déteste que nous soyons si gênés l'un avec l'autre en ce moment. La seule chose qu'il n'y a jamais eu entre nous, c'est de l'embarras.

Il marqua une pause.

— Même quand on était enfant.

— Derek. Tu n'as pas besoin de parler de cette... cette époque.

— Je sais, mais le truc, c'est que je pense que je dois en parler. Je n'ai personne avec qui en discuter maintenant.

— Qu'est-ce que tu veux dire ? s'enquit-elle en fronçant les sourcils.

Derek soupira. Il n'avait pas voulu en arriver à cette partie, mais il souhaitait qu'elle sache tout. Il ne pouvait pas y avoir de secrets entre eux deux.

— Peut-être qu'on devrait s'asseoir, déclara-t-il doucement. C'est une longue histoire.

— Ces histoires sont toujours longues, railla-t-elle ironiquement avant de reprendre sa main et de le guider vers le salon.

Il était déjà venu chez elle auparavant et il avait voulu en voir plus, en connaître davantage. Il espérait qu'après leur discussion d'aujourd'hui, elle le laisserait entrer dans sa vie au point qu'il en apprendrait plus que sur la couleur du canapé et des coussins.

Ils allaient simplement voir.

Bientôt, ils se retrouvèrent assis l'un à côté de l'autre, la gêne s'installant, donc il commença simplement à parler. Plus vite ils en auraient fini avec ça, plus vite ils pourraient en arriver à la façon où ils essaieraient d'être ensemble.

— Après l'accident, ma mère m'a fait quitter l'école, m'a vraiment fait tout quitter. Elle voulait me garder en sécurité, sans réellement me parler. Papa l'a laissé faire parce qu'il... eh bien, il s'en moquait.

— Derek.

— Non, c'est la vérité. Maman est devenue trop protectrice et faisait des reproches. Papa a adopté un comportement étrange et glacial. Il s'est éloigné de tout et de tout le monde. On a rapidement déménagé après l'accident, maman ne voulant plus être près de l'endroit où Stacey avait vécu.

Il marqua une pause.

— Je ne t'ai plus jamais revu après les funérailles. Et même à cette époque, je ne me souviens pas de grand-chose. Tu comprends ?

Elle tendit la main et s'agrippa à la sienne. Il s'accrocha à elle, reconnaissant qu'elle l'ait touché en premier, cette fois-ci.

— Je ne me souviens pas du tout des funérailles, dit Olivia. Je pense que ce sera possible, un jour, mais je crois que mon esprit s'est bloqué. Il n'a pas chassé tout ce qu'il s'est passé, mais il a fait disparaître l'enterrement.

— Nous étions tous les deux des enfants, Olivia. Bien sûr, nos cerveaux ne nous autorisent pas à nous rappeler quoi que ce soit.

Il s'éclaircit la gorge.

— Bref, papa n'est pas resté longtemps dans cette maison. Il nous a quittés assez rapidement et maman s'est effondrée. Je ne pense pas qu'elle s'en est un jour remise, même si j'ai essayé de l'aider. Elle... elle n'est plus la même. Elle n'est pas bien. Et peu importe l'aide qu'elle reçoit, elle se reposera toujours sur moi pour rester intègre, même si elle n'en a pas vraiment envie.

— C'est horrible, Derek. Je suis tellement, tellement désolée.

— C'est horrible, mais ce n'est pas toute ma vie, Olivia. C'est ce que j'essaie de boucler. Ce qui est arrivé avant, quand nous étions gamins, était un accident horrible. Mais c'*était* un accident. Je ne t'ai pas reproché une seule fois ce qu'il s'est passé. Je n'en ai même jamais voulu au conducteur. Je crois que je m'en suis pris à Dieu, pendant un moment, mais maintenant, je n'en veux plus à personne, j'ai juste un sentiment de perte.

Olivia s'essuya les yeux, et il se pencha en avant pour effleurer sa joue du pouce et l'aider. Il aimait la toucher, il avait *besoin* de la toucher.

— Je m'en suis voulue pendant longtemps, mais jusqu'à ce que tout me revienne avec toi, je ne m'étais pas sentie coupable depuis des années.

— Nous étions *enfants*, Olivia. Tu n'as rien fait de mal. Tu la prévenais. Et même si tu ne l'avais pas fait, vous jouiez. Bon sang, je me suis reproché l'accident, mais je ne te l'ai jamais mis sur le dos. Jamais.

— Toi ?

Elle écarquilla les yeux.

— Pourquoi t'en serais-tu voulu ? Tu n'étais même pas là ?

— Tu as raison, je n'étais pas là. Je n'ai pas protégé ma petite sœur. Eh oui, ça n'a aucun sens, mais c'est ainsi que nos cerveaux fonctionnent au travers du chagrin, des reproches et de l'illogisme jusqu'à pouvoir respirer à nouveau. Mais c'était il y a plus de vingt ans, Olivia. Et peu importe ce qu'il s'est passé, nous ne sommes plus ces enfants. Oui, nous sommes toujours couverts de cicatrices, mais il n'y a pas que ça, chez nous.

— Je déteste juste que tu te souviennes d'elle en me regardant. C'est pour ça que c'est aussi douloureux.

Il jura dans sa barbe.

— Je regarde le ciel et je me souviens d'elle. Je me souviens *toujours* d'elle. C'était ma petite sœur. Je *dois* me souvenir d'elle. Que tu sois dans ma vie ne change rien. Oui, ça a fait ressortir des aspects plus douloureux à la surface, mais parfois ça arrive sans que rien les provoque. Ce n'est pas toi, Olivia.

— Mais tu es parti. Tu as entendu la vérité et tu es parti. J'ai compris pourquoi. C'était trop. Nous... nous vivions dans notre propre monde avec nos promesses. Il n'y avait pas de véritables promesses entre nous pour que les choses continuent.

Derek se pencha encore davantage, prenant son visage en coupe.

— Je suis parti parce que tout m'est revenu en pleine tête, pas à cause de ce que tu as pu faire ou dire. Parce que tu n'as rien fait. On se tournait autour, on n'était que l'ombre de nous-mêmes plutôt que de nous faire face. J'étais choqué, oui, mais pas à cause de ce qu'il s'est passé quand on était enfants, mais parce qu'on était plus liés que je ne le pensais.

Je n'aurais pas dû partir, mais j'aurais dû faire un grand pas avant ça. On n'était ensemble qu'une fois par mois parce que je croyais que ce serait simple. J'imaginais pouvoir partir et ne plus jamais rien éprouver, mais j'avais tort.

— De quoi parles-tu, Derek ?

— Sois avec moi. Tente ta chance avec moi. Je suis allé dans cette chambre d'hôtel pour te demander d'être avec moi, pour voir ce qu'on pourrait être au-delà de ces quatre murs où nous gardons des règles pour nous empêcher de tomber amoureux. Mais même quand je t'ai dit de m'appeler Derek, je savais que j'en voulais plus. J'ai besoin de plus, Olivia. Et, j'espère que toi aussi, parce que je te veux dans ma vie. Tu en as toujours fait partie, mais en périphérie. Maintenant, je veux que tu en fasses totalement partie. Tu peux faire ça ? Tu peux me regarder et ne pas voir seulement Stacey, mais ce qu'on pourrait vivre également ? Stacey fera toujours partie de nos existences, c'est inévitable. Et ça n'est rien. Elle *devrait* en faire partie, mais pas occuper la majorité de nos pensées, l'unique lien entre nous. Je te veux dans ma vie, Olivia. Mais j'ai besoin de savoir ce que tu veux, aussi.

Elle cligna des yeux à plusieurs reprises, puis sourit.

— Tu... Tu me surprends davantage chaque fois que je te vois. Je pensais que ce serait trop dur pour toi de me voir et de penser à elle, mais tu as raison. Stacey fera partie de ma vie quoiqu'il arrive.

Elle tourna la tête, embrassa la paume de sa main.

— Je ne sais pas si cela va fonctionner, Derek. On se connaît, mais encore une fois, on ne se connaît pas vraiment. Je ne suis pas prête à te promettre des « pour toujours », mais je veux te promettre le présent. J'en veux tellement plus. Tout comme toi. Et j'ai été tellement effrayée de le vouloir, terrifiée de le mentionner même. Si je l'exprimais à voix haute, alors ce serait réel, et j'ai souffert quand ça n'est pas arrivé.

Derek n'avait qu'à se pencher légèrement pour effleurer ses lèvres avec les siennes. Elle prit une rapide inspiration avant de l'embrasser en retour.

— J'ai toujours eu peur des « pour toujours », mais j'ai toujours aimé nos nuits. J'en veux plus, Olivia. Je veux aussi des journées. Je veux tout. Mais tu dois me dire exactement ce que tu désires. J'ai besoin d'entendre ce que tu as à dire, et pas seulement mes désirs.

— Je te veux, Derek. Je me suis dit que je ne le devrais pas, mais ça a toujours été le cas. Ces nuits que nous avons passé ensemble étaient ce que j'attendais avec impatience chaque mois, et j'ai toujours eu peur qu'un jour, tu ne viennes pas. C'était ma peur la plus horrible.

— Je suis toujours venu, Olivia. Je serai toujours là.

Il l'embrassa à nouveau et elle gémit sous lui.

— Ça ne sera pas facile, chuchota-t-elle. Nous n'avons pas toutes les réponses.

Il pensait qu'ils devaient en apprendre plus l'un sur l'autre, qu'ils devraient voir qui ils étaient en tant que couple plutôt qu'en se faisant des promesses. Il pensait à la façon dont elle pourrait entrer dans sa vie compliquée et comment lui pourrait s'intégrer dans celle d'Olivia.

— On fera en sorte que ça fonctionne. On s'est battu pour ce qu'on a eu juste ici, et on va continuer de le faire. Mais, Olivia ? La récompense en vaudra totalement le coup. Tu ne crois pas ?

Elle se lécha les lèvres, et il se pencha en arrière pour la regarder en face.

— Ça vaut déjà la peine et je n'ai pas peur de travailler là-dessus.

Elle marqua une pause avant d'ajouter :

— J'ai juste peur de te perdre.

— Tu ne me perdras pas.

— Alors, montre-moi.

Les yeux de la jeune femme s'assombrirent et il laissa échapper un petit grognement.

— Je croyais que tu ne le demanderais jamais.

Puis il s'embrassa à nouveau, cette fois un peu plus passionnément, un peu plus longtemps, avant de se relever.

— Derek ?

Il sourit et tendit les bras pour la porter.

— J'ai réfléchi à notre première fois tous les deux et je me suis dit qu'elle devrait se passer dans ton lit. Qu'est-ce que tu en penses ? Nous nous sommes approprié l'hôtel, mais essayons quelque chose de nouveau.

Elle montra le couloir.

— Deuxième porte à droite. Dépêche-toi, Derek, avant que je me réveille et que je me rende compte que c'est un rêve.

Il l'embrassa en marchant, s'assurant qu'elle était en sécurité et ne tomberait pas en chemin.

— C'est un rêve, alors. Seulement, il est éveillé.

Lorsqu'ils arrivèrent dans la chambre, il la posa doucement sur le lit, et l'embrassa davantage. Leurs mains se découvrirent, leurs souffles furent pantelants. Quand il la débarrassa de ses vêtements, il rit davantage en essayant de lui enlever sa brassière de sport.

— Ce truc est le fléau de mon existence. Ce n'est pas vraiment de la dentelle sexy, tu vois ? déclara-t-elle dans un rire sensuel.

— Tu es terriblement sexy, grogna-t-il.

Il se pencha au-dessus d'elle pour prendre un téton sombre dans sa bouche. Il suçota l'autre et elle se cambra contre lui.

Il lécha rapidement son corps avant de l'embrasser juste au-dessus de son sexe mouillé et chaud. Lorsqu'elle cria son nom, il recula et se déshabilla, ne voulant plus une seule barrière entre eux à part le préservatif qu'il glissait sur sa longueur. Il discuterait de ça avec elle plus tard, et même plus. Ils n'étaient que tous les deux, il n'y avait que leurs sensations, leurs besoins.

— Je te goûterai davantage plus tard, mais je veux être en toi, Liv. J'ai besoin de toi. Tu peux me supporter ? Qu'il n'y ait que nous, rapidement et brutalement ? On ira doucement et lentement la prochaine fois.

Elle se lécha les lèvres, puis tendit la main entre leurs corps, s'agrippant fermement à la base de son sexe ce qui le fit loucher.

— Je peux le faire. Je connais ton corps, Derek.

Tu connais le mien. On peut se le rappeler et apprendre le reste.

— Je peux le faire.

Il se pencha et l'embrassa à nouveau, ayant besoin de son goût. Puis, lentement, oh si lentement, il entra en elle. Sa chaleur était serrée, mouillée et parfaite pour lui. Dès qu'il fut entièrement en elle, Olivia cambra les hanches, le serrant encore davantage, puis elle s'exclama.

— Bouge, Derek. Il faut que tu bouges.

— Pour toi ? Toujours.

Et il *bougea*.

Ils s'embrassèrent, se touchèrent et se cambrèrent l'un contre l'autre jusqu'à ce qu'elle jouisse autour de lui et il la suivit rapidement. Il ne s'empêcha pas de la toucher alors qu'ils restèrent allongés l'un à côté de l'autre avant de partir pour un prochain round, cette fois-ci plus lent et curieusement plus chaud.

Il avait son Olivia, la femme de ses rêves, celle qui avait été le centre de ses nuits et qu'il avait hâte de retrouver chaque mois depuis trop longtemps, et il savait qu'il ne voulait rien de plus.

Elle était son tout et il avait hâte d'en apprendre plus sur elle dans les jours et les nuits qui venaient.

Parce qu'elle était entièrement à lui, tout comme il était à elle.

Et malgré les règles qu'il s'était fixées, il apprit à la connaître et en apprendrait encore plus. Il aurait plus qu'une seule nuit par mois et il lui ferait toutes les promesses du monde.

Et en fin de compte, il les tiendrait.

Pour elle.

Son Olivia.

Sa promesse.

Son avenir.

Elle était sienne.

OLIVIA BALAYA ses cheveux sur ses épaules. La longueur lui manquait, mais elle appréciait son carré plongeant. Elle prenait moins de temps à s'en occuper le matin et avec tout ce qu'il se passait dans sa vie, elle en avait besoin.

En souriant, elle but une gorgée de martini et observa le bar de l'hôtel. Il y avait quelques hommes d'affaires, restant probablement dans leur coin, mais certains lui lançaient des regards. Elle les ignora puisqu'elle n'était pas là pour eux.

Non, elle était là pour *lui*.

Et elle-même, bien sûr.

Ce n'était pas juste pour *lui* qu'elle avait enfilé une robe moulante couleur vin et des talons qui lui feraient mal au dos plus tard, mais heureusement, elle ne les garderait pas trop longtemps. Bien sûr, s'*il* ne venait pas rapidement, elle allait devoir les enlever rapidement, mais elle n'en était pas encore arrivée là.

Il y avait encore du temps.

— Cette place est prise ?

À nouveau, le profond grondement de sa voix la fit frissonner et elle croisa les jambes pour garder le contrôle de ses parties féminines. Elles semblaient avoir leur propre conscience quand il s'agissait d'un certain homme et de sa voix.

Elle ne pouvait cependant pas lui en vouloir.

Elle se retourna pour voir un homme très sexy avec des cheveux assez longs et une barbe soignée avec des produits spécial barbe. En fait, il avait utilisé le kit qu'il avait reçu à Noël ce matin-là pour avoir une odeur de bois de santal et ses poils seraient doux contre la peau soyeuse de ses cuisses.

L'homme prenait toujours soin de cette femme en s'occupant de lui-même.

— Tu peux t'asseoir, avec plaisir, répondit-elle en souriant, mais je ne reste pas longtemps. Il faut que je monte.

Ses yeux couleur whisky s'assombrirent.

— Laisse-moi te raccompagner, alors, dit-il d'une voix grave.

Sa voix était si rauque qu'elle serra les cuisses.

— Merci.

Elle ignora les regards que les autres pouvaient leur lancer et posa une main sur le bras tendu de son homme en allant vers les ascenseurs. Ils étaient seuls, mais elle ne se rapprocha pas de lui, n'effleura pas son corps contre le sien même si elle en avait désespérément besoin. Lorsqu'ils arrivèrent dans la chambre au fond du couloir, il sortit une clé de sa poche et l'appuya contre le détecteur.

Ils entrèrent. La porte se referma derrière eux et seul le bruit des souffles profonds et irréguliers remplit ses oreilles.

— Tu es si sexy, gronda-t-il.

— Tu remplis parfaitement ce pantalon, déclarat-elle avec un clin d'œil. C'est ton portable dans ta poche ou tu es heureux de me voir ?

Il sourit, puis grimaça quand le téléphone vibra.

— Merde, je dois répondre. Eh oui, je bande pour toi, mais quand même.

Elle secoua simplement la tête et alla s'asseoir sur le lit, attendant qu'il prenne l'appel. Ce n'était pas la sonnerie de sa mère et même si cela avait été le cas, Olivia n'en aurait pas été gênée. Cette femme allait mieux ces jours-ci, mais elle avait toujours besoin de parler à son fils de temps en temps. Olivia connaissait ce besoin et le comprenait, même si leur relation avec elle n'était pas exactement chaleureuse. Elle n'était pas tendue non plus, cependant, donc Olivia comptait cela pour une victoire.

— Oui, elle peut avoir la boisson violette. Elle est sans sucre, mais elle ne le sait pas. Et ce n'est pas grave si vous avez appelé, ce n'était pas sur la liste. Si elle insiste, il vaut mieux appeler. Oui, merci. À ce soir.

Il raccrocha et Olivia leva les yeux au ciel.

— Stacey voulait la boisson violette ?

Leur fille était douce et discrète, elle faisait de son mieux pour avoir de bonnes manières, mais elle était au milieu d'une phase violette et voulait donc manger et boire tout ce qui était de cette couleur. La baby-sitter n'était pas au courant puisque c'était tout nouveau, c'était donc logique qu'elle ait appelé.

— Elle ne veut rien boire d'autre, et Kendra était inquiète.

Il posa son téléphone sur la table, à côté de l'endroit où elle avait mis son sac.

— J'allais dire « où en étions-nous », mais ça vient de tuer l'ambiance, non ?

Elle secoua la tête, ses cheveux retombant devant son visage.

— Nous sommes parents, mon cher mari, on fera

avec. Maintenant, si tu venais au lit pour me montrer exactement ce qu'il y a dans ton pantalon ?

Il gloussa et se pencha au-dessus d'elle, l'embrassant doucement.

— Puisque tu demandes si gentiment.

Il lui montra ensuite, à deux reprises, et elle retomba amoureuse de son mari, l'amour de sa vie. Ils ne jouaient pas toujours aux inconnus, comme ce soir, mais de temps en temps, leurs rendez-vous ressemblaient à ce qu'ils avaient vécu auparavant et elle adorait ça. Elle aimait cet homme avec toutes ses facettes et ses différentes couches. Il était son tout et elle savait qu'elle était terriblement bénie de l'avoir dans sa vie.

Il était à elle. Son Derek, son mari, son tout. Il lui avait donné une petite fille qui avait rendu sa vie encore plus lumineuse. Olivia avait des papillons tatoués dans le bas du dos et sur les flancs, qu'il embrassait chaque soir. Il la connaissait à l'intérieur et à l'extérieur, et elle savait qu'elle chérirait toujours le temps passé avec lui.

Auparavant, ils n'avaient eu que des nuits. Désormais, ils avaient une éternité.

Elle avait brisé ses règles et elle en serait toujours ravie.

Elle était tombée amoureuse.

Elle s'était engagée.

Et elle lui avait tout dit.

Parce qu'il *était* son tout.

Et maintenant, alors qu'il la tenait contre lui, elle savait que ces nuits n'avaient été qu'un début. Leurs futurs toasts aux tatoués apporteraient plus de chaleur, d'amour et d'*eux-mêmes*.

Pour cette nuit, ce mois-ci, et toutes les suivantes. Enfin.

La série se poursuit avec Motifs troubles, suite des Montgomery de Denver.

NOTE DE CARRIE ANN

Je vous remercie d'avoir lu À l'encre de ton corps. Si vous avez aimé cette histoire, j'espère que vous envisagerez de laisser un avis ! Les avis sont utiles pour les auteurs *et* les lecteurs.

Je suis honorée que vous ayez lu ce livre et que vous aimiez les Montgomery autant que moi !

La série se poursuit avec Motifs troubles, suite des Montgomery de Denver.

Pour vous assurer d'être informé de toutes mes nouvelles parutions, inscrivez-vous à ma newsletter sur www.CarrieAnnRyan.com ; suivez-moi sur Twitter @CarrieAnnRyan, ou sur ma page Facebook. J'ai également un Fan Club Facebook où nous discutons de sujets divers, avec annonces et autres goodies. C'est grâce à vous que je fais ce que je fais, et je vous en remercie.

N'oubliez pas de vous inscrire à ma LISTE DE DIFFUSION pour savoir quand les prochaines publications seront disponibles, participer à des concours et obtenir des *lectures gratuites*.

Bonne lecture !

Montgomery Ink

Tome 0.5: À l'encre de ton cœur

Tome 0.6: À l'encre du destin

Tome 1 : À l'encre déliée

Tome 1.5: À l'encre de ton âme

Tome 2 : À dessein prémédité

Tome 3 : D'encre et de chair

Tome 4 : Attrait pour trait

Tome 4.5: À l'encre des secrets

Tome 5: Entre les lignes

Tome 6: En pointillé

Tome 6.5: À l'encre de nos rêves

Tome 7: Nos desseins ravivés

Tome 7.3: À l'encre de nos vies

Tome 7.5: À l'encre de nos choix

Tome 8: Motifs troubles

Tome 8.5: À l'encre de ton corps

Tome 8.7: À l'encre de l'espoir

Et d'autres encore !

Montgomery Ink:

Tome 0.5: À l'encre de ton cœur

Tome 0.6: À l'encre du destin

Tome 1 : À l'encre déliée

Tome 1.5: À l'encre de ton âme

Tome 2 : À dessein prémédité

Tome 3 : D'encre et de chair

Tome 4 : Attrait pour trait

Tome 4.5: À l'encre des secrets

Tome 5: Entre les lignes

Tome 6: En pointillé

Tome 6.5: À l'encre de nos rêves

Tome 7: Nos desseins ravivés

Tome 7.3: À l'encre de nos vies

Tome 7.5: À l'encre de nos choix

Tome 8: Motifs troubles

Tome 8.5: À l'encre de ton corps

Tome 8.7: À l'encre de l'espoir

Les Frères Gallagher:

Tome 1: Un amour nouveau

Tome 2: Une passion nouvelle

Tome 3: Un nouvel espoir

Redwood:

1. Jasper

2. Reed

3. Adam

4. Maddox

5. North

6. Logan

7. Quinn

Griffes

1. Gideon

Pour plus d'informations, abonnez-vous à la LISTE DE DIFFUSION de Carrie Ann Ryan.

Carrie Ann Ryan n'avait jamais pensé devenir écrivaine. C'est seulement quand elle est tombée sur un roman sentimental alors qu'elle était adolescente qu'elle s'est intéressée à cette activité. Lorsqu'un autre romancier lui a suggéré d'utiliser la petite voix dans sa tête à bon escient, la saga *Redwood* ainsi que ses autres histoires ont vu le jour. Carrie Ann a publié plus d'une vingtaine de romans et son esprit foisonne d'idées, alors elle n'a guère l'intention de renoncer à son rêve de sitôt.